普希金经典小说选

[俄] 普希金 著
磊然 水夫 译

人民文学出版社

据 А.С.ПУШКИН,ПОЛНОЕ СОБРАНИЕ СОЧИНЕНИЙ В ДЕСЯТИ ТОМАХ,ТОМ ШЕСТОЙ(АН СССР,МОСКВА,1964)译出。

图书在版编目(CIP)数据

普希金经典小说选/(俄罗斯)普希金著;磊然,水夫译.—北京:人民文学出版社,2019

(普希金经典文选)

ISBN 978-7-02-015187-5

Ⅰ.①普… Ⅱ.①普…②磊…③水… Ⅲ.①小说集—俄罗斯—近代 Ⅳ.①I512.44

中国版本图书馆CIP数据核字(2019)第074318号

责任编辑	柏　英
装帧设计	黄云香
责任印制	王重艺

出版发行	人民文学出版社
社　　址	北京市朝内大街166号
邮政编码	100705
网　　址	http://www.rw-cn.com
印　　刷	三河市中晟雅豪印务有限公司
经　　销	全国新华书店等
字　　数	87千字
开　　本	850毫米×1092毫米　1/32
印　　张	4.875　插页1
印　　数	1—5000
版　　次	2019年9月北京第1版
印　　次	2019年9月第1次印刷
书　　号	978-7-02-015187-5
定　　价	38.00元

如有印装质量问题,请与本社图书销售中心调换。电话:010-65233595

目　次

序 001

已故伊凡·彼得罗维奇·别尔金小说集 001
　出版者的话 003
　射　击 008
　暴风雪 025
　棺材店老板 042
　驿站长 052
　村姑小姐 068

黑桃皇后 095

序

普希金是"俄国诗歌的太阳",是"俄国文学之父",他在俄国就像一种神一样的存在,甚至就是神本身,就是俄国的文化之神。俄国的"普希金崇拜"现象独一无二,在其他国家很难遇见。换句话说,普希金在俄国社会和俄罗斯人心目中享有的崇高地位,可能高于任何一位作家在其所属民族中所占据的位置。

在神化普希金的过程中,一次又一次的"纪念日庆祝"发挥过重大作用。俄国人很看重所谓"纪念日"(юбилей),即诞生受洗、婚丧嫁娶等纪念日,健在的名人会在年满六十、七十或八十岁时获得官方或民间机构授予的各种荣誉,去世的大师则会在诞辰日或忌日收获不断叠加的缅怀和敬重。自二十世纪三十年代起,普希金的每个生日和忌日都成为一个全民节日,而普希金诞生或去世的整数纪念日则更成了"普希金造神史"中的一座座路标。俄国的普希金纪念日庆贺活动往往也会溢出境外，产生国际性影响。仅以中国为例，二十世纪二十至三十年代的三次纪念活动为普希金在中国的广泛传播奠定了基础。第一次是1937年普希金逝世一百周年纪念活动，在上海建起了普希金纪念碑；第二次是1947年普希金逝世一百一十周年纪念活动，由罗果夫和戈宝权编选的《普希金文集》面世，此后多次再版，影响深远；第三次是1949年普希金诞辰一百五十周年纪念活动，普希金的多部作品、多种选本都被译成中文。中华人民共和国成立后，在涌入中国的俄苏文学大潮之中，普希金更是独占鳌头，由于戈宝权、查良铮（穆旦）、张铁夫、高莽（乌兰汗）等中国普希金学家的相互接力，中国的普希金译介和研究更上一层楼。到1999年普希金诞辰两百周年时，中国几乎同时出版了两套《普希金全集》，使汉语读者终于拥有了全部的普希金，拥有了中国的普希金。

如今，在普希金诞辰两百二十周年纪念日，人民文学出版社推出这套新颖别致、装帧精美的"普希金经典文选"，在普希金的作品中精挑细选、优中选优，为我们展示出一个浓缩的普希金，精华的普希金。这套文选由三本构成，让普希金创作中最重要的三个构成——情诗、小说和童话——既自成一体，又相互呼应，让我们能在较少的篇幅、较短的时间里一览普希金文学遗产的完整面貌。

一

普希金首先是一位诗人，提起普希金，人们首先想到的可能还是他的抒情诗。

1813年十四岁的普希金写下他现存最早的一首诗《致娜塔莉娅》到他去世，他总共写下八百余首抒情诗。普希金的创作大致可以划分为五个时期，即皇村时期、彼得堡时期、南方流放时期、北方流放时期以及最后十年。虽然普希金在每个时期对文学样式的偏重都稍有不同，但抒情诗，或如本套选本的书名所显示的那样，即他的"情诗"，却无疑是贯穿他整个创作的最重要文学体裁。这里的"情"字，其含义可能是丰富的，多层次的：首先指男女之间的爱情，普希金是个多情的人，一生爱过许多女性，也为许多女性所爱，这些爱情，无论是热恋、单恋还是失恋，均结晶为许多优美、深情的诗作；其次是亲情和友情，比如普希金写给家人、奶娘和朋友们的诗；再次是对祖国的爱，对俄罗斯大自然的爱；最后还有对自由的深情，对诗歌的忠诚。如此一来，普希金的情诗便容纳了丰富的题材，个人情感和社会生活，爱情和友谊，城市和乡村，文学和政治，祖国的历史和异乡的风情，民间传说和自然景致……在他的抒情诗中都得到了反映和再现。

1821年，普希金在给朋友的信中这样确定了他的创作主题："我歌唱我的幻想、自然和爱情，歌唱忠实的友谊。"普希金首先是生活的歌手，对爱情、友谊和生活欢乐（及忧愁）的歌咏，构成了其诗歌最主要的内容之一。在最初的诗作中，普希金模仿巴丘什科夫等写"轻诗歌"，后来，尽管忧伤的、孤独的、冷静的、沉思的、史诗的等诗歌基因先后渗透进了普希金的抒情诗，但对于生活本身的体验和感受一直是普希金诗歌灵感的首要来源。在普希金关于生活的抒情诗中，最突出的主题是爱情和友谊。普希金一生从未停止过爱情诗的写作，他一生写作的爱情诗有两百余首，约占其抒情诗总数的四分之一，其中的一些名篇，如《致凯恩》(1825)、《圣母》(1830)、《我爱过您；也许，我心中……》(1829)，早已成为俄国文学史中最伟大的情歌。与爱情主题一同在普希金的抒情诗中占据主要地位的是友谊主题，在这些诗作中，普希金歌颂友谊，同时也谈论诗歌和生活，现实和幻想。有趣的是，普希金的爱情诗往往都写得简短、精致，而友情诗则大多篇幅很长。无论篇幅长短，强烈而真诚的情感是普希金任何主题的抒情诗中均不曾或缺的因素。别林斯基曾这样评说普希金诗中的"情"："普希金的诗歌、尤其是他抒情诗歌的总的情调，就是人的内在美，就是爱抚心灵的人性。此外，我们还可以补充一点，如果说每一种人类的情感已然都很美好，因为这是人类的情感（而非动物的情感），那么，普希金的每一种情感则更加美好，这是一种雅致的情感。我们在此所指并非诗歌的形式，普希金的诗歌形式永远是最美好的；不，我们指的是，作为他每一首诗之基础的每一种情感，本身就是雅致的、优美的、卓越的，这不单单是一个人的情感，而且还是一个作为艺术家的人的情感，一个作为演员的人的情感。在普希金的每一种情感中都永远包含着某种特别高尚的、温顺的、温柔的、芬芳的、优美的东西。就此而言，阅读他的作品，便能以一种出色的方式把自己培养成一个人，这样的阅读对于青年男女尤其有益。在俄国诗人中还没有哪一位能像普希金这样，成为青年人的导师，成为青春情感的培育者。"

普希金抒情诗歌的价值和意义，当然并不仅仅在于其广泛的题材和丰富的内容，而且更在于其完美的形式和独特的风格。总体地看待普希金的抒情诗，我们认为，其特色主要就在于情绪的热烈和真诚、语言的丰富和简洁、形象的准确和新颖。

抒情诗的基础是情，且是真诚的情。诗歌中的普希金和生活中的普希金一样，始终以真诚的态度面对读者和世界。无论是对情人和友人倾诉衷肠，是对历史和现实做出评说，还是对社会上和文学界的敌人进行抨击，普希金都不曾有过丝毫的遮掩和做作。在对"真实感情"的处理上，普希金有两点是尤为突出的。第一，是对"隐秘"之情的大胆吐露。对某个少女一见钟情的爱慕，对自己不安分的"放荡"愿望的表达，普希金都敢于直接写在诗中。第二，是对忧伤之情的处理。普希金赢得了许多爱的幸福，但他也许品尝到了更多爱的愁苦，爱和爱的忧伤似乎永远是同一枚硬币的两面。普希金一生都境遇不顺，流放中的孤独，对故去的同学和流放中的朋友的思念，对不幸命运和灾难的预感，时时穿插进他的诗作。但是，令我们吃惊的是，普希金感受到了这些忧伤，写出了这些忧伤，但这些体现在诗中的忧伤却焕发出一种明朗的色调，使人觉得它不再是阴暗和沉重的。

普希金抒情诗在语言上的成就，在其同时代的诗人中间是最为突出的。一方面，普希金的诗歌语言包容了浪漫的美文和现实的活词、传统的诗歌字眼和日常的生活口语、都市贵族的惯用语和乡野民间流传的词汇、古老的教会斯拉夫语和时髦的外来词等，表现出了极大的丰富性。通过抒情诗这一最有序、有机的词语组合形式，他对俄罗斯的民族语言进行了一次梳理和加工，使其表现力和生命力都有了空前的提高，正是在这个意义上，普希金不仅被视为俄罗斯民族文学的奠基人，而且也被视为现代俄罗斯语言的奠基者。普希金诗歌语言的丰富，还体现在其丰富的表现力和其自身多彩的存在状态上。严谨的批评家别林斯基在读了普希金的第一部诗集后，就情不自禁地也用诗一样的语言对普希金的诗歌语言做了这样的评价："这是怎样的诗啊！……俄罗斯语言一切丰富的声响、所有的力量都在其中得到了非常充分的体现。……它温柔、甜蜜、柔软，像波浪的絮语；它柔韧又密实，像树脂；它明亮，像闪电；它清澈、纯净，像水晶；它芳香，像春天；它坚定、有力，像勇士手中利剑的挥击。在那里，有迷人的、难以形容的美和优雅；在那里，有夺目的华丽和温和的湿润；在那里，有着最丰富的旋律、最丰富的语言和韵律的和谐；在那里，有着所有的温情，有着创作幻想和诗歌表达全部的陶醉。"另一方面，普希金的诗歌语言又体现出了一种简洁的风格。人们常用来总结普希金创作风格的"简朴和明晰"，在其抒情诗歌的创作上有着更为突出的体现，在这里，它首先表现为诗语的简洁。普希金的爱情诗、山水诗和讽刺诗大多篇幅不长，紧凑的结构结合精练的诗语，显得十分精致，普希金的政治诗和友情诗虽然往往篇幅较长，但具体到每一行和每个字来看，则是没有空洞之感的。在普希金这里，没有多余的词和音节，他善于在相当有限的词语空间里尽可能多地表达感情和思想，体现了高超的艺术的简洁。果戈理在总结普希金的这一诗语特征时写道："这里没有滔滔不绝的能言善辩，这里有的是诗歌；没有任何外在的华丽，一切都很朴素，一切都很恰当，一切都充满着内在的、不是突然展现的华丽；一切都很简洁，纯粹的诗歌永远是这样的。词汇不多，可它们却准确得可以显明一切。每个词里都有一个空间的深渊；

每个词都像诗人一样,是难以完整地拥抱的。"别林斯基和果戈理这两位普希金的同时代人,这两位最早对普希金的创作做出恰当评价的人,分别对普希金诗歌语言的两个侧面做出了准确的概括。

二

普希金是一位伟大的小说家。在普希金的文学遗产中,除韵文作品外也有数十部(篇)、总字数合四十余万汉字的小说作品。这些小说不仅体现了普希金多方面的文学天赋,而且也同样是普希金用来奠基俄国文学的巨大基石。没有留下这些小说作品的普希金,也许就很难被视为全面意义上的"俄国文学之父"。

普希金小说的主题是丰富的,家族的传说和祖国的历史,都市的贵族交际界和乡村的生活场景,自传的成分和异国的色调,普通人的遭际和诗人的命运……所有这一切在他的小说中都得到了反映。

普希金第一部完整的小说作品《别尔金小说集》(1830),以对俄国城乡生活的现实而又广泛的描写而独树一帜,是普希金最重要的小说作品之一。《别尔金小说集》由五个短篇小说组成,这五篇小说篇篇精彩,篇幅也相差不多,但人物各不相同,风格也有异。《射击》塑造了一个"硬汉"形象,并对当时贵族军人的生活及其心态做了准确的表现。在这篇小说里，普希金借用了他本人1822年7月在基什尼奥夫曾与人决斗的生活片断。如果说《射击》是一个紧张的复仇故事，那么《暴风雪》则像一出具有淡淡讽刺意味的轻喜剧。阴差阳错的私奔，还愿偿债似的终成眷属，构成了作者高超的叙述。《棺材店老板》中的主人公有真实的生活原型，他就是住在离普希金未婚妻冈察洛娃家不远处的棺材匠阿德里安。但是，棺材匠的可怕梦境却是假定的、荒诞的，它既能与棺材匠的职业相吻合，又与城市平民的生活构成了某种呼应。和《棺材店老板》一样，《驿站长》也是描写下层人的，但作者在后一篇中对主人公寄予了更深切的同情，其中的"小人物"形象和深刻的人道主义精神，对当时和后来的俄国文学都产生了巨大影响。《村姑小姐》是一个新的罗密欧和朱丽叶的故事。活泼可爱的女主人公，皆大欢喜的结局，都隐隐体现出了作者的价值取向：乡间的清纯胜过上流社会的浮华，深刻的俄罗斯精神胜过对外来文化的拙劣模仿。《别尔金小说集》中的人物，无论是一心复仇的军官（《射击》），还是忙于恋爱的乡村贵族青年（《暴风雪》和《村姑小姐》），无论是城市里的手艺人（《棺材店老板》），还是驿站里的"小人物"（《驿站长》），其形象都十分准确、鲜明，构成了当时俄国社会生活的众生图。作者在这些精致的小说中所确立的真实描写生活、塑造典型形象的美学原则，所体现的人道主义精神和民主意识，使《别尔金小说集》成为俄国小说发展史上具有划时代意义的里程碑。

在普希金的小说中，最典型的"都市小说"也许要数《黑桃皇后》(1833)。作家通过具有极端个人主义意识和贪婪个性的格尔曼形象，体现了金钱对人的意识和本质的侵蚀，通过无所事事、行将就木的老伯爵夫人的形象，体现了浮华上流社会生活造成的人性的堕落。在这里，作家对都市贵族生活的带有批判意味的描写，小说通过舞会、赌场、出游、约会等场合折射出的社会道德规范，尤其是对金钱与爱情、个人与他人、命运与赌注等典型"都市主题"的把握，都体现出了作家敏锐的社会洞察力，使小说具有强烈的社会批判意义。这篇小说发表后产生了很大影响，甚至像歌德笔下的维特引来众多痴情的模仿者那样，小说中的格尔曼也获得了一些愚蠢的仿效者。普希金本人曾在1834年4月7日的日记中写道："我的《黑桃皇后》很走红。赌徒们都爱押三点、七点和爱司这三张牌。"格尔曼和伯爵夫人是小说中的两个主要人物，在对这两个人物的描写上，作者提到的两个"相似"是值得注意的：格尔曼的侧面像拿破仑；死去后还似乎在眯着一只眼看人的伯爵夫人像黑桃皇后。通过这两个比拟，作者突出了格尔曼身上坚定、冷酷的个人主义心理和赌徒性格，突出了伯爵夫人身上所具有的"不祥"之兆——这既是就她刻薄、爱虚荣的性格对于他人的影响而言的，也是就浮华、堕落的社会对她的影响而言的。在描写格尔曼时，作者采用了粗犷的外部白描和细致的内部刻画相结合的手法，淋漓尽致地传导出了格尔曼贪婪、无情的心理。细腻的心理描写，是这篇小说在人物塑造上的一个突出之处，它同时标志着普希金小说创作中一个新倾向、新特征的成熟。这篇小说情节紧张，老伯爵夫人被吓死的恐怖场面，格尔曼大赢大输的赌局，都写得惊心动魄。然而，在处理众多的人物关系、交代戏剧化的故事情节、刻画细致入微的主人公心理的同时，作家却令人吃惊地保持了作品风格上的简洁和紧凑。格尔曼和丽莎白·伊凡诺夫娜的交往过程，格尔曼的三次狂赌，尤其是那寥寥数语的"结局"，都写得简洁却不失丰满，体现了普希金高超的叙事才能。现代的批评已经注意到这篇小说对果戈理的"彼得堡故事"等俄国"都市小说"的影响，注意到了格尔曼与陀思妥耶夫斯基笔下的拉斯科尔尼科夫（《罪与罚》主人公）等人物之间的亲缘关系。

　　普希金的小说具有鲜明的风格特征。在刚开始写作和发表小说时，普希金也许还信心不足，也许是担心自己与流行文风相去甚远的新型小说很难为人们所接受，也许就是想与读者和批评界开一个玩笑，因此在《别尔金小说集》首次发表时，他没有署上自己的真实名字，煞费苦心地编造出一个作者"别尔金"来。小说发表后，有人问普希金谁是别尔金，普希金回答道:"别管这人是谁,小说就应该这样来写:朴实,简洁,明晰。"所谓"简朴和明晰"也就被公认为普希金的小说、乃至他整个创作的风格特征。

这一特征的首要体现,就是作者面对生活的现实主义态度。对生活多面的、真实的反映,对个性具体的、典型的塑造,所有这些现实主义小说艺术最突出的特征,都在普希金的小说中得到了突出体现。普希金的"简朴和明晰",还表现在小说的结构和文体上。普希金的小说篇幅都不长,最长的《大尉的女儿》也不到十万字;普希金的小说情节通常并不复杂,线索一般不超过两条,且发展脉络非常清晰;对无谓情节的舍弃,是普希金小说结构上的一大特点,作者在交代故事的过程中,往往会突然切断中间长长的部分,这样做的结果,不仅节约了篇幅,使小说的结构更精巧了,同时还加强了故事的悬念。在《别尔金小说集》中,普希金的这一手法得到了广泛而成功的运用:《射击》、《暴风雪》和《驿站长》都是由两个部分组成的,作者只截取了故事精彩的一头和一尾;这些小说的结尾也都十分利落,《暴风雪》、《村姑小姐》和《棺材店老板》更是戛然而止的;在这些故事中,作者常用几句简单的插笔便改变了线索发展的时空,转换很是自如。

普希金的小说文体也是很简洁的。在他的小说中,句式不长,人物的对话很简短,对人物的描写也常常三言两语,很少有细节的描写和心理的推理。在比喻、议论、写景的时候，普希金大都惜墨如金，却往往能起到画龙点睛的作用，他高超的诗歌技巧显然在小说创作中得到了发挥。另外，构成普希金小说明快风格的成分，还有作者面对读者的真诚和他对小说角色常常持有的幽默。这两种成分的结合，使得普希金的叙述显得轻松却不轻飘，坦然而又自然。没有任何多余的东西，没有任何做作的东西，这就是普希金的小说，这就是普希金的小说风格。

三

1830—1834年，普希金集中写出六篇童话——《神父和他的长工巴尔达的故事》(1830)、《母熊的故事》(1830)、《沙皇萨尔坦、他的儿子——威武的勇士吉东大公和美丽的天鹅公主的故事》(1831)、《渔夫和金鱼的故事》(1833)、《死公主和七勇士的故事》(1833)和《金鸡的故事》(1834)。虽说在这之前普希金也曾尝试童话写作，虽说普希金的成名之作《鲁斯兰与柳德米拉》也近似童话作品，但普希金在其创作的成熟期突然连续写作童话，这依然构成了普希金创作史中一个引人注目的现象。

童话是写给儿童看的，普希金的这些童话也不例外。长期以来，在俄罗斯人家许多孩子幼年时都是在妈妈或外婆朗读普希金童话的声音中入睡的。可以毫不夸张地说，大多数俄罗斯人的童年记忆都是与普希金的这几篇童话紧密结合在一起的。然而，普希金这些童话的读者又绝不仅限于儿童，它们同样也能给成年人带来审美的享受，它们同样也是普希金创作鼎盛时期的经典之作。在阅读普希金的这六篇童话作品时，我们可以对这样几个问题稍加关注。

首先是这些童话与民间创作的关系问题。童话原本就是一种民间文学特征十分浓厚的体裁，普希金的这六篇童话也取材于民间传说，有些甚至就是他的奶奶和奶娘讲给他听的口头故事。《神父和他的长工巴尔达的故事》是普希金在集市上听来的，他于1824年在一个笔记本中记录下了这个故事。在写作《沙皇萨尔坦、他的儿子——威武的勇士吉东大公和美丽的天鹅公主的故事》之前所作的笔记中，普希金也抄录了这个民间故事的两个不同版本。六篇童话都具有鲜明的民间故事特征。比如，民间故事典型的三段式结构就出现在这里的每一篇童话中：巴尔达在三场比赛中三次战胜小魔鬼，巴尔达弹了神父三下脑门，勇士吉东先后变成蚊子、苍蝇和蜜蜂三次造访萨尔坦的王国，叶利赛王子面对太阳、月亮和风儿的三次发问等；比如，每篇童话的内容均具有鲜明的教益性，近似寓言，童话中的人物也善恶分明，结局皆大欢喜，即好人战胜坏人，恶人受到惩罚；

再比如，这些童话故事情节均发生在笼统的、模糊的故事时空里。然而，这些童话毕竟是普希金创作出来的童话，因而又具有崭新的内容和形式，具有叙事诗、乃至抒情诗的属性，完成了从民间故事向文学作品的过渡和转变，这些童话的文学性丝毫不亚于普希金的其他作品。从内容上看，这些童话充满着许多普希金式的推陈出新，比如《渔夫和金鱼的故事》原来的主旨是让人各守本分，不要过于贪婪，但普希金却将渔夫老婆的最后一个要求改为要做大海的女王，要金鱼永远伺候自己，感觉到自由即将遭到剥夺的金鱼终于不再奉陪，让渔夫老婆的所有希望落空，这样的改动无疑具有深刻的普希金意识和普希金精神，即自由的权利是神圣的，是断不能出让的。从形式上看，这些童话均被诗人普希金赋予了精致、完美的诗歌形式，它们读起来朗朗上口，这无疑也是这些童话近两百年来在俄国和世界各地代代相传的重要前提之一。《沙皇萨尔坦、他的儿子——威武的勇士吉东大公和美丽的天鹅公主的故事》和《死公主和七勇士的故事》，均以"我也在场""我也在座"一句结束，普希金特意标明的这种"在场感"具有象征意味。总之，普希金以其卓越的诗歌天赋使这些民间童话文学化了，这六篇童话都刻上了普希金风格的深刻烙印，甚至可以说，它们无一例外都成了普希金地道的、极具个性色彩的原创之作。

其次是这些童话的外国情节来源及其"俄国化"的问题。

普希金的这六篇童话,除《母熊的故事》因为没有完成而很难确定其"出处"外,其他各篇均有其"改编"对象:《渔夫和金鱼的故事》几乎见于欧洲每个民族的民间故事,据苏联时期的普希金学家邦季考证,普希金的童话直接取材于《格林童话》中的故事;《沙皇萨尔坦、他的儿子——威武的勇士吉东大公和美丽的天鹅公主的故事》的原型故事,自16世纪起就流传于西欧多国;《死公主和七勇士的故事》显然就是"白雪公主和七个小矮人"故事的翻版;而《金鸡的故事》的源头则被诗人阿赫玛托娃于1933年探明,即美国作家华盛顿·欧文所著故事集《阿尔罕伯拉故事集》(1832)中的《一位阿拉伯占星师的传说》,人们在普希金的藏书中发现了欧文此书的法译本。然而,这些流浪于欧美各国的故事母题,在普希金笔下却无一例外地被本土化了、被俄国化了,其中的场景是地道的俄国山水,其中的人物是地道的俄罗斯人,他们说着纯正的俄语,描述他们的语言是纯正的俄罗斯诗语,重要的是,他们显示出了纯正的俄罗斯性格,更为重要的是,他们也都具有普希金笔下人物的典型特征,比如,在《死公主和七勇士的故事》中公主拒绝七位勇士的求爱,我们从中能听出《叶甫盖尼·奥涅金》中达吉雅娜对奥涅金所说的话。普希金将"迁徙的"童话母题俄国化的努力如此成功,居然能获得"喧宾夺主"的效果,如今一提起《渔夫和金鱼的故事》,许多人首先想到的就是:这是普希金的作品，这是一部俄国童话。

最后是这些童话的内容和风格与普希金整个创作的关系问题。我们注意到，在十九世纪三十年代前半期的俄国文学中，普希金的童话写作并非孤例。果戈理写出具有民间故事色彩的短篇集《狄康卡近乡夜话》(1831—1832)，茹科夫斯基写出《别连捷伊沙皇的故事》和《睡公主的故事》(1831)，达里编成《俄国童话集》(1832)，这些不约而同的举动或许表明，当时的俄国作家开始朝向民间创作，在民族的文学遗产中汲取灵感，开始了一场有意识的文化寻根运动。在普希金本人的创作中，童话写作也是与他的"现实主义转向"和"散文转向"基本同步的，也就是说，是与普希金创作中叙事性和现实指向性的强化基本同步的。普希金在《金鸡的故事》的结尾写道："童话虽假，但有寓意！对于青年，不无教益。"这几句诗最好不过地透露出了普希金的童话写作动机。在《神父和他的长工巴尔达的故事》中，普希金在民间故事的基础上强化了对以神父为代表的压迫阶层的嘲讽，这样的改动竟使得这部童话在当时无法发表，在普希金去世之后，茹科夫斯基为了让书刊审查官能放过此作，甚至将主角之一的"神父"改头换面为"商人"。就风格而言，普希金改编起童话来得心应手，因为童话体裁所具有的纯真和天然，原本就是普希金一贯追求的风格，原本就是他的创作风格的整体显现。普希金通过这六篇童话的写作，将民间故事带入俄国文学,将现实关怀和民主精神带入童话,其结果,使得这些纯真的童话成了他真正意义上的成熟之作。

普希金的童话,一如他的情诗和小说,都是他创作中的精品,都是值得我们捧读的文学经典。

刘文飞

二〇一九年三月

已故伊凡·彼得罗维奇·别尔金小说集

普罗斯塔科娃太太：亲爱的先生，他从小就喜欢听故事。

斯科季宁：米特罗方像我。

——《纨绔少年》[①]

[①] 十八世纪俄国著名戏剧家杰尼斯·伊万诺维奇·冯维辛的代表作。

出版者的话

我们着手准备出版现在呈献给读者的《伊·彼·别尔金小说集》之际，想附一篇介绍已故作者生平的简介，以此多少满足我国文学爱好者的合乎情理的好奇。为此我们请教了伊凡·彼得罗维奇·别尔金的近亲和继承人玛利亚·阿列克谢耶夫娜·特拉菲琳娜。遗憾的是，她不能向我们提供任何有关他的材料，因为她根本不认识死者。她劝我去找伊凡·彼得罗维奇的好友，一位可尊敬的先生。我们遵照她的劝告去了一封信，并接到下面的令人满意的复信。我们未加任何修改和注释将来信发表。这是一个记述了高尚的见解和感人的友谊的可贵的纪念，同时也是一份极为详尽的传记资料。

尊敬的×××先生！

本月23日接奉15日来函。承嘱将我已故挚友和邻居伊凡·彼得罗维奇·别尔金的生卒年月、职务、家庭情况、工作以及性情等详情见告，我愿尽绵力为您效劳。先生，现就我记忆所及，将他的言谈以及本人的观察奉上。

伊凡·彼得罗维奇·别尔金1798年生于戈留欣诺村。父母为人高尚正直。他的亡父彼得·伊凡诺维奇·别尔金准校，娶特拉菲琳家的姑娘佩拉吉娅·加夫里洛夫娜为妻。他并不富有，但是生活节俭，管理产业是个能手。他们的儿子的启蒙老师是一位乡村教堂诵经员。大概是多亏这位可敬的老师循循善诱，使他养成阅读和钻研俄罗斯文学的爱好。1815年他入步兵猎骑兵团（番号我记不住了），在那里服务到1823年。他的父母差不多在同一时期内谢世，他只得退伍回到故乡戈留欣诺村。

伊凡·彼得罗维奇开始管家之后，由于缺乏经验，心肠又软，很快就放松管理，父母在世时立下的严格的规矩也松弛了。农民对办事顶真能干的村长不满（这是他们的习惯），他就把村长撤了，把管理村子的工作交给因为会讲故事而获得他的信任的老管家婆。这个蠢老婆子永远分不出二十五卢布的钞票和五十卢布的钞票的区别。可她是所有农民的干亲，他们一点也不怕她。他们挑选出来的村长把他们纵容得无法无天，还同他们一块欺骗主人，逼得伊凡·彼得罗维奇只得取消劳役而规定了极轻的租税。即使这样，农民见他软弱可欺，第一年就故意要他减免，以后，三分之二以上的租赋缴的都是胡桃、红酸果之类的东西，而且还拖欠不交。

身为伊凡·彼得罗维奇亡父的朋友，我认为向他的儿子提出忠告是我义不容辞的责任，于是一再主动提出要帮他恢复被他废掉的旧规矩。为此我有一次到他那里去，向他要来账簿，把老奸巨猾的村长叫来，当着伊凡·彼得罗维奇的面查账。年轻的主人开始是非常认真注意地看着我查账，一旦从账上查出了最近两年来农民的人数增加，而家禽和家畜数目却显著地减少，伊凡·彼得罗维奇便满足于这初步查出的材料，不再来听我的了。正当我的查账和疾言厉色的盘问把这个老滑头逼得狼狈不堪、哑口无言的时候，我听见伊凡·彼得罗维奇竟在椅子上鼾声大作，使我不禁十分恼火。从此我再也不去过问他的财务管理了，正如他本人所做的那样，让他的事务听凭上帝去安排。

然而这却毫不影响我们的友谊，因为我非常同情他的软弱以及我们的年轻贵族们所共有的无可救药的马虎，真心喜爱伊凡·彼得罗维奇。这么一个又温顺又正直的年轻人，又怎能不爱他呢？伊凡·彼得罗维奇也尊重我的年长，衷心依恋着我。在他逝世之前，他几乎每天和我见面，重视我的普通的言谈，尽管我们在生活习惯、思想方法和性情方面都很少有共同之处。

伊凡·彼得罗维奇生活非常节俭，凡事很有克制。我从没有见他喝醉过（这在我们这一带可说是闻所未闻的奇迹）；他对女性非常感兴趣，可是他又怕羞得像个大姑娘。①

除了您信中提到的小说外，伊凡·彼得罗维奇还留下许多手稿，这些手稿一部分在我手里，一部分被他的管家婆派做各种日常用途。比如，去冬她这屋的全部窗户都是用他未完成的长篇小说第一部的手稿做糊窗纸的。您说的小说大概是他的处女作。据伊凡·彼得罗维奇说，其中大部分都是实有其事，是他听不同的人讲的。②不过小说里面的人名几乎都是他虚构的，而村庄和农村的名字则是借用我们近郊的，因此我的村子也被提到。这倒并非出于什么恶意，而完全是由于他缺乏想象力。

伊凡·彼得罗维奇于1828年秋患重感冒，后转为热病，经我们县里的医生悉心医治无效身亡。这位医生医道高明，对治疗鸡眼等顽疾尤为拿手。他死在我怀里，终年三十岁，安葬在戈留欣诺村的教堂里，在他故世的先人近旁。

伊凡·彼得罗维奇中等身材，灰色眼睛，淡褐色头发，

---

① 他有一件趣事，我们认为没有必要写进去；但是我们向读者保证，此事绝不有损于伊凡·彼得罗维奇·别尔金的声誉。——原注
② 在别尔金先生每篇小说的手稿前面果然都由作者亲笔写着：我听某某人（官衔或职称及姓名的头一个字）讲的。现为好奇的调研者摘录如下：《驿站长》是九级文官 А.Г.Н. 对他讲的；《射击》是 И.Л.П. 中校讲的；《棺材店老板》是 Б.В. 掌柜讲的；《暴风雪》和《村姑小姐》是 К.И.Т. 讲的。——原注

鼻子笔直,面庞白皙而瘦削。

　　足下,有关我故世的邻人和朋友的生活方式、工作、性情以及外表,这就是我能想起的全部。如果您认为我信中有什么材料可用,千乞不要提我的名字。因为我对著书立说的人尽管十分敬爱,但是我认为没有必要挂上这个称号,再说,以我的年龄来说也不合适。谨致衷心的敬意。

　　　　　　　　1830 年 11 月 26 日

　　　　　　　　于涅纳拉多伏村

我们认为有责任尊重我们作者的可尊敬的好友的愿望,为他向我们提供的材料表示深切的谢意,希望读者能珍视这些材料的真挚和善意。

射　击

我们射击去了。

　　　　　　　　　——巴拉登斯基[①]

我发誓要按决斗的权利打死他

（他还欠我一枪）。

　　　　　　　　　——《露宿之夜》[②]

一

我们驻扎在×××小镇上。军官的生活是人人都知道的。早上操练，练骑马，午饭在团长那里或是在犹太人开的小饭铺里吃；晚上喝潘趣酒[③]和打牌。在×××镇，没有一个好客的人家，

[①] 巴拉登斯基（1800—1844），俄国诗人，上句引自他的长诗《舞会》。
[②] 《露宿之夜》，俄国作家别斯土舍夫—马尔林斯基（1797—1837）的小说。
[③] 用沸糖酒加糖水和果子露等制的混合饮料。

没有一个待嫁的姑娘,我们互相串门,在那里,除了自己的军服,什么也看不到。

只有一个人,不是军人,却属于我们这一伙。他大约三十五岁光景,因此我们把他算作老头儿。他经验丰富,使我们甘拜下风,再加上他一向性情阴郁,脾气急躁,说话尖刻,这对我们年轻人的思想更有着强烈的影响。似乎有一种神秘的气氛笼罩着他的命运。他好像是俄国人,却取了个外国名字。以前他做过骠骑兵,甚至还很得意。没有人知道他为什么要退职住到这个贫苦的小镇上来;他在这里过着清苦而又阔绰的生活:他出入总是步行,穿一件敝旧的黑色常礼服,可是却让我们全团的军官可以随便到他家吃喝。他家的饭菜虽说只有两三道,由一个退伍兵士烹调,但是香槟酒却像河水似的流着。他的境况和他的收入都没人知道,也没有人敢向他动问。他有一些藏书,大部分是军事的,还有些小说。他乐意把书借给人看,从不讨还,可是他借别人的书也从不归还。他主要的锻炼是用手枪射击。他室内的四壁都是密密麻麻的枪眼,像蜂窝。他收藏的大量手枪是他居住的简陋的土坯小屋里唯一的奢侈品。他的枪法之高超是令人难以置信的,如果他提出要射下什么人军帽上的一只梨,我们团里无论谁都会毫不迟疑地把自己的头给他做靶子。我们中间常常谈到决斗,西尔维奥(我这样称呼他)从不插嘴。如果问他有没有决斗过,他冷冷地回答说有过,但是不肯细说。看得出，他不愿意听这样的问题。我们猜想，由于他那可怕的枪法，大概有一个不幸的牺牲者使他感到内疚。然而我们却根本没有怀疑过，他心里竟会有类似懦怯的念头。有些人，单是他们的外貌就会摒除这样的怀疑。有一件偶然的事使我们大家都十分惊讶。

有一次，我们十来个军官在西尔维奥家里吃饭。我们照常喝酒，就是说，喝得非常之多。饭后我们劝主人坐庄跟我们打牌。他推辞了好一会，因为他几乎从不玩牌。最后他吩咐拿牌来，把五十个金币倒在桌上，坐下来发牌。我们围着他坐下，牌局就开始了。西尔维奥有个习惯，打牌时保持绝对的沉默，从不跟人争辩，也不解释。如果对手算错了账，他就立时或是把没有付够的数目付清，或是将多算的记下。我们都知道这种情形，也就听他照自己的方法处理。但是我们中间有一个新近调来的军官，也在这里玩牌。他心不在焉地多折了一只牌角①。西尔维奥拿起粉笔，照他的习惯把数目改正。那军官以为他弄错了，就来解释。西尔维奥默默地继续发牌。军官发火了，拿起刷子擦掉他认为记错的数字。西尔维奥拿起粉笔重又记上。喝酒、打牌加上同事们的讪笑激怒了那军官，他觉得自己受到莫大的侮辱，怒不可遏地抓起桌上的铜蜡台朝西尔维奥扔过去，西尔

---

① 牌角，赌博时把纸牌折起的一角，表示赌注加倍或赌注的四分之一，由双方言定。

维奥幸亏闪得快,没有被打中。我们感到很难为情。西尔维奥气得脸色发白、眼睛冒火,他站了起来说:"先生,请您出去,您要感谢上帝,幸亏这是发生在我家里。"

我们对此事的后果毫不怀疑,预料那个新同事准会被打死。那军官说,他侮辱别人愿意负责,听凭庄家先生要怎么办就怎么办,说了就出去了。牌局又继续了几分钟,可是我们觉得主人没有心思打牌,便一个个接着歇手,各自返回宿舍,一边谈到即将留下的空缺①。

第二天在练马场上,我们已经在询问那可怜的中尉是否还活着,不料他本人竟在我们当中出现了。我们向他提出同样的问题。他回答说,他还没有得到西尔维奥的一点消息。我们听了感到奇怪。我们去找西尔维奥,看到他正在院子里把一粒粒子弹打进贴在大门上的一张纸牌"爱司"。他照常接待我们,关于昨天发生的事只字不提。三天过去了,中尉仍旧活着。我们惊奇地问:难道西尔维奥不打算决斗了?西尔维奥是没有决斗。他满足于轻描淡写的解释,就和解了。

在青年人的心目中,这件事大大有损于他的声誉。青年人一向把勇敢看做人类无上的品德,有了勇敢,不论什么缺点都可以宽恕,缺乏勇气最得不到青年人的谅解。然而,渐渐地一

---

① 空缺,指新同事被"打死"后留下的空缺。

切都被淡忘了，西尔维奥又恢复了他以前的影响。

唯有我，却再也不能跟他接近了。我天生赋有浪漫主义的想象，在这以前，对这个生活是个谜、在我心目中好像是一部神秘小说里的主人公的人，我是十分倾倒的。他喜欢我，至少，唯有对我他不用他惯常的、尖刻恶毒的语言，而且直率地、非常愉快地跟我随便闲谈。但是，自从那个不幸的夜晚之后，我认为他的名誉蒙受了污点，并且由于他本身的过错而洗不清。这种想法一直萦绕在我脑际，使我无法像以前那样对待他，我不好意思向他注视。以西尔维奥的聪明和老练，绝不会看不出这种情形，猜不出其中的原因。这似乎使他很苦恼；至少，我发觉有一两次他想跟我解释。但是我躲避这种机会，西尔维奥也就断了这个念头。从此，我只是和同事们在一块的时候才和他见面，我们以前那种坦率的交谈也中止了。

漫不经心的首都居民，对于乡镇居民非常了解的许多心情，是无法理解的。譬如像等待来邮件的日子：每逢星期二、五，我们团部的办公室都挤满了军官；有的等钱，有的等信。信件总是当场拆开，大家报告消息，办公室里就呈现出一幅十分活泼生动的景象。西尔维奥的信件都寄到我们团里，所以他照例也在这里。有一次，他收到一个邮件，他迫不及待地撕去漆印。他匆匆地读着信，他的眼睛闪烁发光了。军官们只顾看自己的信，一点没有觉察。"诸位，"西尔维奥对他们说，"我有要紧事必须立刻离开,今天夜里就走,希望你们不要拒绝最后一次到我家来吃饭。我盼望您也来,"他对着我接下去说,"盼望您一定来。"他说了这话,就匆匆地出去了。我们约好在西尔维奥家里会齐,便分手了。

我在约定的时间来到西尔维奥家里,看到差不多全团的军官都到了。他的行李都已经摒挡就绪,只剩下光秃的、满是弹孔的四壁。我们在桌旁就座,主人的兴致非常高,他的快活感染了我们,大伙很快都快乐起来,瓶塞时刻啪啪地响着,玻璃杯泛着泡沫,不断发出咝咝的声音,我们以满腔的热忱祝上路的人一路平安,诸事如意。大家离开餐桌的时候天色已经很晚。在各自去取帽子的时候,西尔维奥跟大伙告别,就在我准备要走的那一刻,他拉住我的手,让我留下。"我要跟您谈谈。"他低声说。我留下了。

客人都走了,剩下我们俩面对面地坐下,默默地抽起烟斗。西尔维奥心事重重,他那突发的快活已经影踪全无。苍白阴郁的脸色,闪烁的双目和从嘴里喷出来的浓烟,使他活像个魔鬼。过了几分钟,西尔维奥打破了沉默。

"也许,我们从此不会见面了,"他对我说,"分别之前,我想跟您解释一下。您可能注意到,我很少尊重别人的意见,但是我喜欢您,我觉得,如果我给您留下一个不好的印象,我会很痛苦。"

他停止了,开始往抽完的烟斗里装烟,我垂下眼睛,没有作声。

"您一定觉得很奇怪,"他接着说,"我怎么不找那个发酒疯的 P 跟他决斗。您会同意,我有权挑选武器,他的性命就掌握在我的手里,而我却几乎毫无危险。我本来可以把我的涵养说成是宽宏大量,可是我不愿意撒谎。如果我可以惩罚 P 而不使自己的性命遭到丝毫的危险,我是决不会饶他的。"

我惊奇地望着西尔维奥。这样的自白把我完全弄糊涂了。西尔维奥接着说:

"正是这样:我没有权利让自己死。六年前我被人打了一记耳光,我的仇人还活着。"

我的好奇心被大大地激发起来。"您没有跟他决斗?"我问道,"大概是形势使你们分开了吧?"

"我跟他决斗过,"西尔维奥回答说,"这就是我们决斗的纪念品。"

西尔维奥站起来,从帽匣里取出一顶有金流苏和镶金边的红帽子(法国人称做 bonnet de police①的那种帽子);他把帽子戴上,帽子在额头上面一俄寸②的地方被射了一个洞。

"您知道,"西尔维奥接着说,"我曾在某骠骑兵团里供职。我的脾气您是知道的:我一向逞强好胜,而且我从小心里就有这

---

① 法语:警察帽。
② 俄寸,俄国长度计量单位,1 俄寸合 4.4 厘米。

么一股劲。在我们那时候，打架捣乱是时髦的：我是军队里天字第一号的捣乱鬼。我们以酗酒为骄傲：我的酒量压倒了杰尼斯·达维多夫[①]写诗赞美过的赫赫有名的布尔佐夫[②]。决斗在我们团里是司空见惯的：凡是决斗我都有份，不是做证人就是当事人。同事们崇拜我，不时调换的团长们把我看做少不了的祸害。

"我正心安理得地（或是不安地）享受我的荣誉的时候，我们团里派来了一个门第显赫而富有的青年人（我不愿意说出他的名字）。我从来没有见过这样出色的幸运儿！您想象一下，他年轻、聪明、英俊、疯狂似的快乐、不顾性命的勇敢，赫赫有名，多得不计其数和永远用不完的金钱，他在我们当中会产生什么样的影响，就可想而知了。我那首屈一指的地位动摇了。他惑于我的盛名，想和我交朋友，但是我对他很冷淡，他便毫不惋惜地不理我了。我恨死了他。他在团里和女性社会中获得的成功使我灰心绝望。我开始找碴儿跟他吵架。他用挖苦的俏皮话来回答我的挖苦的俏皮话，我觉得他的话似乎总要比我的更出人意料，更尖刻！当然也比我的逗趣得多：因为他是以玩笑出之，而我是怀着恶意。最后，有一次在一位波兰地主家里

[①] 杰尼斯·达维多夫，即杰尼斯·瓦西里耶维奇·达维多夫（1784—1839），俄国诗人，1812年卫国战争中游击运动领导人之一。
[②] 布尔佐夫，即亚历山大·彼得罗维奇·布尔佐夫（卒于1843年），白俄罗斯骠骑兵团中以不知忧虑闻名的军官，达维多夫的朋友。达维多夫在诗歌《骠骑兵的酒筵》和《致布尔佐夫》中歌颂了他。

举行的舞会上，我看到他是所有女士的注意目标，特别是以前和我有过私情的女主人。我在他耳边说了粗俗的笑话。他大发雷霆，打了我一记耳光。我们都跑去取剑。女士们吓得昏倒了，人们把我们拉开。我们当夜就去决斗。

"在黎明时分，我和我的三个副手站在指定的地点。我怀着难以名状的焦急等待我的对手。春天的太阳出来，热起来了。我远远地看见了他。他是步行来的，军服挂在剑上，由一个副手陪着。我们迎着他走上去。他走近了，手里捧着装满樱桃的军帽。副手们给我们量了十二步的距离。请我先开枪，但是我满腔的毒恨使我激动得厉害，我没有把握能不能打得准；为了让自己冷静下来，我让他先开枪。我的对手不同意。大家决定抓阄：第一号被他——永远是幸运的宠儿——抽到了。他瞄准了，一枪打穿了我的军帽。轮到我了。他的性命终于掌握在我手里了，我贪婪地注视着他，竭力要捕捉住他脸上哪怕有一丝的惊慌不安的影子。他站在枪口下，从军帽里挑熟透的樱桃吃，边吃边把核子吐到我跟前。他那满不在乎的神气把我气疯了。我想，既然他毫不珍惜自己的生命，我打死他对我有什么用呢？我头脑里闪过一个恶毒的念头。我放下了手枪。'您现在好像没有工夫想到死，'我对他说，'您请去用早餐吧，我不愿意打扰您……''您一点没有打扰我，'他说，'您请开枪，不过这是悉听尊便，您的一枪还记在您的名下，我随时准备为您效劳。'

我对副手们声称，我现在不打算开枪，决斗就此结束。

"我退了伍，来到这个小镇上。从那时起我没有一天不想到报仇。现在我的时刻到了……"

西尔维奥从口袋里摸出早晨接到的信给我看。有人（似乎是他的委托人）从莫斯科写信给他，说某人①不久要和一位年轻貌美的姑娘正式结婚。

"您会猜得出，"西尔维奥说，"这个某人是谁。我要去莫斯科。我们倒要看看，他在结婚之前，是不是还像以前吃着樱桃迎接死神那样满不在乎！"

西尔维奥这样说着，一边站起身来，把军帽往地上一扔，开始在室内来回走着，好像关在笼中的老虎。我一动不动地听他讲，异样的、互相矛盾的感情激动着我。

仆人进来通报马准备好了。西尔维奥紧紧握了我的手，我们吻了一下。他上了马车，车上放着两只箱子，一只放手枪，另一只放他的零用什物。我们再一次告别，马儿便飞快地跑了。

二

几年过去了，家庭状况迫使我蛰居在某县一个贫苦的小村

---

① 正文中加着重号的文字表示原文中用了斜体，以下不再一一作注。

里。我虽是在管理产业,暗暗还是不断怀念我以前那无忧无虑的、热闹的生活。对我最困难的是要习惯孤孤单单地度过春天和秋天的夜晚。午饭前的时间我还可以设法打发:跟村长谈谈,到各处去办事或是看看新的机构,但是天刚开始暗下来,我就完全不知道往哪里去好。在橱底下和贮藏室里找出来的那几本书,我都背得出了。女管家基里洛夫娜能够记得起来的故事,也都讲给我听了多次了,村妇们的歌声引起我的愁肠。我开始喝不加糖的露酒,可是喝了就头痛;而且老实说,我怕会变成借酒浇愁的酒徒,也就是说,最不可救药的酒鬼,这种例子我在本县是屡见不鲜的。除了两三个不可救药的酒鬼之外,我没有近邻。他们的谈话不外是打嗝和唉声叹气,还不如一个人待着的好。

离我四俄里[①]的地方,有一个属于 Б[②]×××伯爵夫人的富饶的庄园,但是里面只住着一个管家,伯爵夫人只在她结婚的第一年来过一次,而且只住了不到一个月。但是在我蛰居生活的第二个春天,传说伯爵夫人要和丈夫到乡下来消夏。事实上,他们六月初就来了。

对于村中居民,有钱的邻人的到来是一个划时代的事件。在他们来到之前两个月直到他们离开三年之后,地主们和他们的家仆都要谈论这件事。至于我呢,我承认,年轻漂亮的女邻

---

① 俄里,俄国长度计量单位,1 俄里合 1.067 公里。
② Б,俄文字母,音类似英文字母"B"。

居来临的消息对我起了极大的影响。我急不可待地要看见她,因此在她到来第一个星期天的午饭后,我就动身往某村去,以最近的邻人和最恭顺的仆人的身份,趋前拜访。

仆人把我领进伯爵的书房,就去通报我的来访。宽敞的书房的陈设极尽豪华之能事。靠墙摆着一排书橱,每只书橱上有一尊青铜胸像。大理石的壁炉架上悬挂着一面大镜子;地板上钉着绿毡,又铺上地毯。在我那陋室里,我对奢侈的生活已经生疏,久已没有见过别人的豪华排场,我惶恐了,战战兢兢地等待着伯爵,好像一个来自外省的请愿者在恭候部长。门开了,走进一个三十二三岁、非常漂亮的男子。伯爵态度坦率而亲切地向我走近。我竭力鼓起勇气,正要自我介绍,但是他倒比我先说了。我们坐下来。他的谈话随便而有礼,使我由于脱离社交界产生的拘束消失了。我刚恢复常态,伯爵夫人突然进来了,弄得我比先前格外手足无措。她实在是个美人。伯爵给我介绍,我要装出随便洒脱的样子,但我越是要做得态度自然,我越觉得自己笨拙。为了让我有时候恢复常态,习惯新的相识,他们就自己交谈起来,对我不拘礼节,好像对待一个好邻居。这时我来回走着,浏览着书画。我对绘画不是内行,但是有一幅画吸引了我的注意。上面画的是瑞士风景,但使我吃惊的不是绘画,而是这幅画被两颗子弹打穿,一颗打在另一颗上。

"好枪法。"我对伯爵说。

"是啊，"他说，"枪法非常高明。您的枪法好吗？"他接下去问。

"还可以，"我回答说，我高兴终于谈到我熟悉的题目，"隔三十步射纸牌不会不中，当然，得用用惯的手枪。"

"是吗？"伯爵夫人十分注意地说，"那么，我的朋友，隔三十步你能射中纸牌吗？"

"我们几时来试试。"伯爵回答说，"当年我的枪法还不错。可是我已经有四年不摸手枪了。"

"哦，"我说，"在这种情况下我敢打赌，阁下就是隔二十步也射不中纸牌了：手枪必须天天练。这是我的经验之谈。在我们团里，我算是个优秀射手。有一次我整整一个月没有碰枪：我的手枪都送去修理了；阁下，您猜怎么样，后来我再打枪，第一次隔二十五步射一只酒瓶，连射四次都没有射中。我们那里有个骑兵上尉，是个爱说俏皮话、很风趣的人，恰巧他在那里，就对我说：'老兄，大概你的手不愿意举起来打酒瓶吧。'不，阁下，不应该小看这种练习，不然可就要生疏了。我遇到过一位优秀射手，他就是每天射击，至少午饭前打三次。这是他的老规矩，就像午饭前喝一杯伏特加一样。"

伯爵和伯爵夫人看我聊起来，都很高兴。

"那么他的枪法怎么样？"伯爵问我。

"阁下，是这样的：他要是看见有一只苍蝇停在墙上，伯爵夫人，您在笑吗？说实在的，是真的！他要是看见一只苍蝇，就叫道：'库兹卡，手枪！'库兹卡就把实弹的手枪给他。他啪的一响，就把苍蝇打进墙里！"

"真是惊人！"伯爵说，"他叫什么名字？"

"西尔维奥，阁下。"

"西尔维奥！"伯爵从座位上跳起来，惊呼道，"您认识西尔维奥？"

"怎么不认识？阁下，我和他是朋友，我们团里把他看成自己的弟兄。不过已经有五年没有听到他的一点音信了。这么说，阁下也认识他？"

"认识，很熟。他没有对您讲……不过，不，我想不会，他没有对您讲过一件非常奇怪的事情吗？"

"阁下，是不是他在舞会上被一个浪荡子打了一记耳光的事？"

"他把这个浪荡子的名字告诉您了吗？"

"没有，阁下，他没有说……啊，阁下，"我猜到了真相，接下去说，"请原谅……我不知道……难道是您？……"

"就是我，"伯爵回答说，样子十分不快，"被射穿的那幅画就是我们最后一次见面的纪念品……"

"啊，我亲爱的，"伯爵夫人说，"看上帝的分上不要讲吧，我听着都害怕。"

"不，"伯爵不同意，"我要统统讲出来，他既然知道我怎样侮辱了他的朋友，也要让他知道，西尔维奥是怎样向我报复的。"伯爵把圈椅移近了我，我便怀着极为兴奋的好奇听了下面的故事。

"五年前我结了婚。第一个月，the honey-moon,①我是在这里，在这个村子里度过的。这所房子给了我一生中最美好的时刻，也给了我一个最痛苦的回忆。

"一天黄昏，我们一同骑了马出去；妻子的马不知怎么的发起性子，她受惊了，把缰绳交给我，自己步行回家。我骑着马先走。我看见院子里有一辆旅行马车。仆人告诉我，有人坐在我的书房里，他不愿意说出自己的姓名，只说有事找我。我走进这个房间，看见黑暗中有一个满身尘土、满脸胡子的人站在这里的壁炉旁边。我走到他跟前，努力要想起他的面貌。'伯爵，你不认得我了？'他说时声音发颤。'西尔维奥！'我叫了起来，老实说，我觉得突然浑身汗毛直竖。'正是，'他接着说，'你还欠我一枪，我是来开这一枪的，你准备好了吗？'他的手枪从插袋里鼓出来。我量了十二步，就站在那边角落里，请他趁我妻子没有回来，快些开枪。他拖延着，说是要火。拿来了蜡烛。我把门关上，吩咐不许放人进来，又请他开枪。他掏出手枪，瞄准了……我一秒一秒地数着……我想到她……可怕的一分钟过

---

① 英语：蜜月。

去了!西尔维奥垂下了手。'我抱歉,'他说,'手枪里装的不是樱桃核……子弹可不轻。我总觉得,我们这不是决斗,而是杀人:我不习惯对一个赤手空拳的人开枪。我们重新开始,来抓阄看谁先开枪。'我的脑袋眩晕了……似乎我没有同意……最后我们又装好一支枪,卷了两个纸卷。他把纸卷放在从前被我射穿的军帽里,我又摸到第一号。'伯爵,你的运气真是好得要命。'他冷笑着说。这一笑是我永远不会忘记的。我不明白我是怎么啦,他怎么能强迫我这样做……但是,我开枪了,就打在这幅画上。"(伯爵用手指着被射穿的那幅画,他的脸红得像火,伯爵夫人的面色比她的手帕还白:我不禁惊叫了。)

"我开了一枪,"伯爵接着说,"谢天谢地,我没有打中。那时西尔维奥……(这时他的样子实在可怕)西尔维奥开始对我瞄准。突然,门打开了,玛莎①跑了进来,尖叫着搂住我的脖子。她一来使我的勇气完全恢复了。'亲爱的,'我对她说,'你难道看不出,我们是在闹着玩吗?你怎么能吓成这样!去喝杯水再到我们这儿来,我要给你介绍我的老朋友和同事。'玛莎还是不信。'请您说,我丈夫说的是真话吗?'她对样子可怕的西尔维奥说,'你们俩真是闹着玩的吗?''他一向总爱闹着玩,伯爵夫人,'西尔维奥回答她,'有一次他闹着玩打了我一

---

① 玛莎,玛利亚的小名,伯爵夫人的名字。

记耳光,闹着玩把我这顶军帽打了一个窟窿,现在又闹着玩不射中我;现在我也想来闹着玩玩……'他说着就要对我瞄准……当着她的面!玛莎扑到他脚下。'起来,玛莎,可耻!'我怒不可遏地叫道,'先生,您可以不再嘲弄这个可怜的女人吗?您到底要不要开枪?''我不开了,'西尔维奥回答,'我满意了:我看到你的慌乱,你的胆怯;我逼你对我开了枪,我满足了。你会记得我的,我让你自己的良心去责备你。'于是他就出去了,可是到了门口又站住,回头看了看被我射穿的画,几乎没有瞄准朝它开了一枪,便消失了。妻子昏倒了,仆人们惊骇地注视着他,不敢去拦阻。不等我醒悟过来,他走到台阶上,叫来了马车夫,就上车走了。"

伯爵沉默了。我就这样知道了开头曾那样让我吃惊的故事的结局。我跟故事的主人公没有再见面。听说,在亚历山大·伊普西兰基[①]起义的时候,西尔维奥率领一队希腊民族独立革命运动战士作战,在斯库梁诺城下的战役中牺牲。

1830 年 10 月 14 日

(磊然 译)

---

① 亚历山大·伊普西兰基(1792—1828),俄国少将。1812 年卫国战争参加者,1820 年参加并领导希腊秘密革命组织,号召希腊人民从土耳其的奴役下解放出来。1821 年,伊普西兰基的支队被土耳其军队击败于普鲁特河上的斯库梁诺。

暴 风 雪

马儿飞跑在山冈上,

践踏着厚厚的雪地。

看那座上帝的庙堂,

孤单单,一派冷凄。

…………

突然间暴风雪四起;

大雪花纷纷扬扬;

黑乌鸦拍动双翅

低旋在雪橇之上,

哀啼预示着悲苦!

马儿赶路,急急忙忙,

一根根鬃毛直竖,

敏感地望着黑暗的远方……

——茹科夫斯基[1]

---

[1] 茹科夫斯基(1783—1852),俄国诗人。上节诗摘自他的叙事诗《斯薇特兰娜》。

1811年年底,在值得我们铭记的时代①,善良的加夫里拉·加夫里洛维奇·P②正住在他的田庄涅纳拉多沃。他以好客和待人亲切远近闻名,邻人不断地到他家来吃喝,陪他的妻子打五戈比一局的波斯顿③,还有些人来是为了看看他的女儿玛利亚·加夫里洛夫娜,一个身材窈窕、面容苍白的十七岁的少女。她是人们心目中富有的待嫁姑娘,好些人都在为自己或者为儿子打主意。

玛利亚·加夫里洛夫娜是在法国小说的熏陶下成长起来的,自然很容易坠入情网。被她选中的对象是一个正在自己的村子里度假的贫寒的陆军准尉。不用说,这个年轻人也燃起了同样的热情。他的心上人的父母发现了他们相互之间的爱慕,禁止女儿去想念他,他们接待他比接待一位退休的陪审员还要简慢。

我们这对情人经常书信往返,天天在小松树林里或是古老的小教堂旁相会。他们在那里订下山盟海誓,嗟叹命苦,并且做出种种计划。他们这样写着,谈着,就(极其自然地)得到下面的结论:既然我们没有对方就无法生活,而狠心的父母又阻挠我们的好事,难道我们就不能不听他们的?当然,这个好主意是年轻人先想出来的,它非常投合玛利亚·加夫里洛夫娜

---

① 指俄国历史上著名的卫国战争(1812)的年代。
② P,俄文字母,对应英文字母"R"。
③ 波斯顿,一种纸牌游戏。

的浪漫主义的幻想。

冬天来临，他们的会面停止了，但是书信往返得更加频繁。弗拉基米尔·尼古拉耶维奇在每封信里都求她嫁给他，和他秘密结婚，躲开一段时候，然后跪到父母的脚下，他们最终总会为这对恋人的勇敢的坚贞和不幸所感动，一定会对他们说："孩子们，到我们的怀抱里来吧。"

玛利亚·加夫里洛夫娜久久举棋不定：许多私奔的计划都被一一推翻。最后她同意了：在约定的那一天，她要借口头痛，不吃晚饭回到自己的屋里。她的婢女也参与这个密谋，她们俩要穿过后面的台阶到花园里，花园外面有一辆准备好的雪橇，坐上雪橇，直奔离涅纳拉多沃五俄里的扎德里诺村的教堂，弗拉基米尔就在那里等候她们。

在决定性的日子的前夕，玛利亚·加夫里洛夫娜一夜未睡。她收拾行装，把内衣和衣服包扎起来，写了一封长信给自己的女友，一位多情的小姐，又写了一封信给自己的双亲。她用极为动人的话与他们告别，说不可克服的激情的力量使她不得不这样做，末尾她说，她认为，如果她能获得准许扑倒在至爱的双亲脚下，那将是她一生中最幸福的时刻。她在两封信上都盖了图拉①印章，印章上刻着两颗燃烧的心和端正的题字，直到

---

① 图拉，莫斯科南面的城市，以铸制金属物品闻名。

天快亮才倒在床上睡去，但是立刻又被一个个的噩梦惊醒。她一会儿觉得，正当她乘上雪橇准备去结婚的那一刻，父亲拦阻了她，以惊人的速度把她在雪地上拖，然后把她扔进一个黑暗的无底洞……她飞快地栽下去，心脏几乎停止跳动。一会儿她梦见弗拉基米尔躺在草地上，面色惨白，浑身鲜血。他奄奄一息，用刺人肺腑的声音求她赶快和他结婚……还有一些离奇的、不可理解的幻景相继掠过她眼前。最后她起床了，面色比平时更苍白，真的头痛起来。父母看出她的不安，对她体贴入微，不住地问："玛莎，你怎么啦？玛莎，你是不是病啦？"这一切都使她心碎。她极力安慰他们，要强作欢颜，却力不从心。暮色降临。想到她是和家人度过最后的一天，她心酸起来。她好像快要死了，心里暗暗和她周围的每一个人、每一样东西告别。晚饭开上来，她的心猛烈地跳起来。她声音发抖地说，她吃不下，便和父母道晚安。他们吻了她，照平时那样祝福了她：她差点儿哭出来。她到了屋里，倒在圈椅上，泪如雨下。婢女劝她要安静、打起精神来。一切都准备停当。再过半小时玛莎就要永远离开父母的家，离开自己的闺房和宁静的处女生活……外面刮起了暴风雪，朔风怒号，百叶窗晃动着，撞击着，她觉得这一切都是威胁和不祥之兆。屋子里很快安静下来，全都入了梦乡。玛莎裹上披肩，穿上暖和的大衣，手里拿着首饰盒，走到后面的台阶上。婢女拿着两个包袱跟在她后面。她们来到花园里。暴风雪没有静止；狂风迎面吹来，仿佛极力要阻止年轻的女罪犯。她们好不容易走到花园尽头。路上有一辆雪橇等候着她们。马冻僵了，不肯站在原地；弗拉基米尔的马车夫在车辕前来回走动，用力管着几匹烈马。他搀扶小姐和婢女坐上雪橇，放好包袱和首饰盒，拉起缰绳，马儿就飞奔而去。现在我们把小姐托付给命运的安排和马车夫捷廖什卡的驾车本领，再回过来看看我们年轻的恋人。

弗拉基米尔整天奔忙。早上他去找扎德里诺的神父，好不容易跟他谈妥，再到邻近的地主当中去找证婚人。他找的第一个人是四十岁的退伍骑兵少尉德拉文，德拉文欣然同意，他说这种冒险使他想起过去的岁月和骠骑兵团的恶作剧。他劝弗拉基米尔留下吃午饭，保证他一定可以再找到两位证婚人。果然，午饭一吃完，就来了留小胡子、靴子上有马刺的土地测量员施米特和县警察局局长的儿子，一个刚进枪骑兵队的十六岁的男孩。他们非但接受弗拉基米尔的请求，甚至对他发誓，准备为他牺牲性命。弗拉基米尔大喜过望地拥抱了他们，就回家准备去了。

天色早已暗下来。他派了自己可靠的捷廖什卡驾着自己的三驾雪橇去涅纳拉多沃，对他千叮万嘱。他给自己套上一匹马拉的小雪橇，不带马夫，只身去扎德里诺，大约两小时后，玛利亚·加夫里洛夫娜乘坐雪橇也要来到那里。道路是他熟悉的，路上只要走二十分钟。

但是弗拉基米尔刚出村到了田野里，突然间就狂风大作，风雪弥漫，什么都看不出了。道路顿时就被雪封住，四周一切都消失在一片混混沌沌的黄色迷雾之中，透过迷雾，鹅毛大雪纷飞；天地融在一起。弗拉基米尔在田野里想再驶上大路，但是白费气力。马儿任意瞎跑，时而冲上雪堆，时而陷进坑洼，雪橇不时翻倒。弗拉基米尔只是尽力做到不迷失方向。但是他觉得，半个多小时已经过去，他还没有走到扎德里诺的那片小树林。又过了十来分钟，小树林还是看不见。弗拉基米尔在深沟纵横的田野里走着。暴风雪没有平息，天空不见晴朗。马儿开始疲倦了，他自己身上汗如雨下，尽管他不时陷在齐腰的深雪里。

最后弗拉基米尔发现，他走错了方向。他停下来，开始思忖、回忆、考虑，然后断定他应该朝右。他向右走去。他的马走不动了。他在路上已经走了一个多小时，扎德里诺应该在望了。可是他走了又走，田野还是没有尽头。净是雪堆和沟壑，雪橇不时翻倒，他不住地把它抬起来。时间过去，弗拉基米尔开始感到心急如焚。

最后，一边出现了什么黑魆魆的东西。弗拉基米尔转向那边驶去。他渐渐走近一看，原来是一片小树林。谢天谢地，他心里想，现在可快到了。他驶近小树林，希望能立即走上熟悉的道路，或是绕着小树林走：扎德里诺就在树林后面。他很快找到了道路，走进一片昏暗的、因为冬天而树叶落光的树林。狂风在这里不能肆虐，道路平坦，马儿有了精神，弗拉基米尔安心了。

但是他走了又走，扎德里诺还是看不见，小树林没有尽头。弗拉基米尔惊骇地发现，他走进了一座陌生的树林。绝望攫住了他。他抽打着马，那可怜的牲口快走起来，但是很快就疲倦了，一刻钟后只能一步一步地移动，不管不幸的弗拉基米尔怎么费劲也是徒然。

树木渐渐稀疏，弗拉基米尔走出了树林；扎德里诺还是不见。他泪如泉涌，盲目地走着。风停了，乌云消散，他面前展现出一片平原，上面铺着波浪般起伏的皑皑白雪。夜色晴明，离他不远，他看见有一个四五户人家的小村。弗拉基米尔策马前去。他在第一座小木屋旁跳下雪橇，跑去敲窗。几分钟后，木窗板掀起，一个老头把一大把白胡子伸出来。"你有什么事？""离扎德里诺远不远？""扎德里诺远不远？""是啊，是啊！远不远？""不远，大约十俄里。"弗拉基米尔听到这话，一把抓住自己的头发，就像一个被判死刑的人，呆住了。

"你是打哪儿来的？"老头接着说。弗拉基米尔不敢回答。"老头，你能不能，"他说，"给我弄几匹马到扎德里诺？""我们哪里有什么马。"那农民回答说。"那就给我一个人带路也行，我给钱，他要多少我都给。""你等一下，"老人放下窗板，说，"我派我儿子去，他能给你带路。"弗拉基米尔等着。不到一分钟，他又去敲窗。窗板掀起来，又露出了大胡子。"干什么？""你的儿子呢？""他在穿鞋，马上就出来。你冻坏了吧？进来暖和暖和。""不啦，谢谢，叫你儿子快出来吧。"

大门吱呀一响，出来一个手拿根粗木棍的小伙子，他在前面走，一会儿指点道路，一会儿站下找寻被雪堆埋了的道路。"几点钟了？"弗拉基米尔问他。"天快亮了。"年轻的农民回答说。弗拉基米尔就一句话也不说了。

他们到达扎德里诺的时候，雄鸡在报晓，东方已白。教堂大门紧闭。弗拉基米尔付钱给了向导，就到神父的院子里去。院子里没有他的三驾雪橇。等待他的是什么样的消息啊！

我们再回来看看涅纳拉多沃的善良的地主，看看他们的情况如何。

什么事也没有。

两位老人家醒来，走到客厅里。加夫里拉·加夫里洛维奇戴着睡帽，身穿厚绒布上衣，普拉斯科维娅·彼得罗夫娜身穿棉晨衣。茶炊端上来了，加夫里拉·加夫里洛维奇打发婢女去问玛利亚·加夫里洛夫娜身体如何，睡得好不好。婢女回来说，小姐睡得不好，可是现在好些了，马上就到客厅里来。果然，门开了，玛利亚·加夫里洛夫娜走向前来向爸爸妈妈问安。

"你的头痛怎么样,玛莎?"加夫里拉·加夫里洛维奇问。"好些了,爸爸。"玛莎回答说。"玛莎,你一定是昨天被煤气熏着了。"普拉斯科维娅·彼得罗夫娜说。"也许是,妈妈。"玛莎回答说。

白天平安无事,但夜里玛莎病了。派人进城去请医生。医生傍晚才来,看到病人在说胡话。她得了很厉害的热病,可怜的病人有两星期濒于死亡的边缘。

家里没有人知道策划的私奔。她前一天写的信都被烧掉。她的婢女害怕主人发怒,守口如瓶。神父、退伍的骑兵少尉、小胡子土地测量员和小枪骑兵都很谨慎,这也不是没有理由。车夫捷廖什卡向来不说一句多余的话,即使喝醉了也是如此。这样,阴谋的秘密就被半打以上参加者保守住了。但是玛利亚·加夫里洛夫娜自己却在不断说胡话,泄露了自己的秘密。不过她的话是那样前言不搭后语,连一直守在她的病榻旁的母亲,也只能听懂,女儿是在不顾死活地迷恋着弗拉基米尔·尼古拉耶维奇,恋爱一定就是她致病的原因。她和丈夫商量,又跟邻居们商量,最后大家一致认为,玛利亚·加夫里洛夫娜是命该如此,注定的姻缘是拆不散的,贫穷不是罪过,嫁人而不是嫁钱,等等。在我们要做什么事而又无法自圆其说的时候,道德谚语就能起很大的作用。

这时,小姐的健康渐渐恢复了。弗拉基米尔很久没有在加夫里拉·加夫里洛维奇家里露面。平时那种简慢的招待使他不敢来。家里决定派人去请他,告诉他一件出乎意料的喜事:同意这件婚事。但是涅纳拉多沃的地主的邀请得到的竟是他的一封近乎疯狂的复信,使他们真是大为惊讶!他向他们宣称,他的脚永远不再踏进他们的家,请他们忘掉他这个不幸的人,他除了一死别无他求。过了几天,他们得知弗拉基米尔回军队去了。这是1812年①的事。

他们一直不敢把这个消息告诉正在康复的玛莎。她也从不提起弗拉基米尔。几个月过去了,在鲍尔金诺②战役中立功和受重伤者的名单中,她发现了他的名字,她昏倒了。家里人生怕她的热病会复发。但是,谢天谢地,昏厥没有带来后患。

她又遭到另一件伤心的事:加夫里拉·加夫里洛维奇去世了,她成了全部财产的继承人。但是遗产并没有使她得到慰藉:她真诚地分担可怜的普拉斯科维娅·彼得罗夫娜的悲伤,发誓永不和她分离。母女二人离开了那令人触景伤情的涅纳拉多沃,迁往×××地的庄园。

到了那里,富有而又可爱的姑娘也受到求婚者的包围,但是对谁她都不给丝毫的希望。母亲有时劝她挑选个中意的人,玛利亚·加夫里洛夫娜听了只是摇头,沉思不语。弗拉基米尔

---

① 1812年,那一年拿破仑入侵俄国,俄国军民英勇保卫祖国,这就是俄国历史上著名的卫国战争。
② 鲍尔金诺,村名,离莫斯科112俄里,被俄军总司令库图佐夫选为卫国战争总决战的阵地,那场战役也由此得名。

已经不在人世：在法军入侵莫斯科的前夕他在那里死去。玛莎把对他的纪念看做是神圣的。至少她珍藏着能勾起对他的回忆的一切：他读过的书、他画的画，他为她抄的乐谱和诗歌。邻居知道这些情况，对她的坚贞无不暗自惊讶，他们怀着好奇等待有一位英雄最后能征服这位贞洁的阿尔捷米斯①的伤心的忠贞。

这时战争胜利结束。我们的军队凯旋归国。人民都奔走相告。军乐奏着从胜利中得来的歌曲：《Vive，Henri-Quatre》②、蒂罗尔③的华尔兹舞曲和《约康德》④中的咏叹调。军官们出征时差不多还是半大的孩子，回来时已经在战场上锻炼得雄赳赳的，胸前挂满十字勋章。兵士们兴高采烈地谈话时，不时夹着几个德国字和法国字。令人难忘的时候！光荣和狂欢的时候！提到祖国一词时俄国人的心是怎样猛烈地跳动着！重逢的眼泪是多么甜蜜！我们是怎样万众一心地把民族自豪感和对皇上的爱戴结合起来！对于皇上，这是何等样的时刻啊！

妇女，俄罗斯的妇女那时是无与伦比的。她们平时的冷若

---

① 阿尔捷米斯，公元前4世纪的希腊皇后，以对亡夫的忠贞不渝闻名。她的名字成为妇女贞操的象征。
② 法语：《亨利四世万岁》，法国诗人查理·柯莱（1709—1783）的喜剧《亨利四世出猎》中的讽刺歌。
③ 蒂罗尔，奥地利地名。
④ 《约康德》，全名《约康德或冒险的追求者》，法国作曲家尼古拉·伊祖阿尔（1775—1818）的喜歌剧，1814年在巴黎极为流行。

冰霜一扫而尽。她们欢迎胜利者,高呼乌拉时,那欣喜若狂的神情真是令人心醉。

帽儿也扔到半空。①

当时的军官们,有谁不承认他是受到俄罗斯女性的最好、最可贵的嘉奖?……

在这辉煌的日子里,玛利亚·加夫里洛夫娜和母亲住在某省,没有目睹两个京城庆祝军队凯旋的盛况。但是在县城和乡村里,万众欢腾的情景也许更为热烈。在那些地方,军官不论到哪里,对他都是真正的节日,而穿燕尾服的情人和他相形之下都黯然失色。

我们已经说过,尽管玛利亚·加夫里洛夫娜冷若冰霜,她的周围照旧有许多追求者。但是自从一位负伤的骠骑兵上校布尔明出现在她的堡垒里,大家都要退避了。他的纽扣眼里佩着乔治十字勋章,(照当地小姐们的说法)脸上带着动人的苍白。他二十六七岁,是到自己的、与玛利亚·加夫里洛夫娜的村子毗邻的庄园来度假的。玛利亚·加夫里洛夫娜对他很是垂青。在他面前,她一改平时那种若有所思的神态,变得活泼起来。

---

① 引自俄国剧作家格里鲍耶多夫(1795—1829)的喜剧《智慧的痛苦》。

不能说她是在对他卖弄风情，但是，如果有一个诗人看到她的举动，就会说：

Se amor non è, che dunque？①

布尔明的确是个非常可爱的年轻人。他具有能博得女性欢心的聪明：彬彬有礼，善于鉴貌辨色，绝不强人所难，略带随便的嘲弄。他对待玛利亚·加夫里洛夫娜的态度单纯而随便；但是不论她说什么或是做什么，他的心灵和目光都是紧紧追随着她。他显得性情平和谦逊，但是传说他以前是个十分荒唐的浪子，而这并无损于玛利亚·加夫里洛夫娜对他的看法，她跟所有年轻的女士一样，乐于原谅能显示出大胆和热情的性格的恶作剧。

但是，年轻骠骑兵的缄默却比一切……（比他的柔情，比他的讨人喜欢的谈吐，比他的动人的苍白，比他的包扎着的手臂）更能激起她的好奇和遐想。她不能不承认，他是非常喜欢她的，而且，凭他的聪明和经验，他一定会注意到，她对他是另眼相看的：那么，为什么她至今还没有看见他跪倒在她脚下，还没有听到他的求爱呢？阻力是什么？是和真正的

---

① 意大利语：要不是爱情，那是什么？

爱情分不开的胆怯？是高傲？还是情场老手的欲擒故纵？这对她是一个谜。经过一番思考，她认定胆怯是唯一的原因，她决定用更多的关切来使他鼓起勇气，有机会的话，甚至对他温存。她准备迎接完全出人意料的结局，焦急地等待着热烈倾诉爱慕的时刻。秘密，不管是什么样的秘密，总会扰乱女性的心。她的军事行动得到预期的效果：至少，布尔明陷入了沉思，他的黑眼睛盯着玛利亚·加夫里洛夫娜时燃着火样的热情，决定性的时刻似乎就在眼前了。邻居议论着婚事，仿佛这已成为定局。善良的普拉斯科维娅·彼得罗夫娜因为女儿终于找到称心的夫婿而感到欣慰。

有一天，老太太一个人坐在客厅里用纸牌打通关，这时布尔明走了进来，立刻问起了玛利亚·加夫里洛夫娜。"她在花园里，"老太太回答说，"您去吧，我在这儿等你们。"布尔明去了，老太太画了个十字，心里想：事情今天大概要定了！

布尔明在池畔的柳荫下找到玛利亚·加夫里洛夫娜，她手里拿着一本书，身穿一袭白衣，真像小说中的女主人公。寒暄之后，玛利亚·加夫里洛夫娜故意不把话头接下去，加强了相互的窘迫不安，这样，只有突然的决定性的表白才能使它消除。果然，布尔明感到自己的处境很是尴尬，他说他早就要寻找机会向她倾诉自己的爱慕，请她注意听他一分钟。玛利亚·加夫里洛夫娜把书合上，垂下眼睑表示同意。

"我爱您，"布尔明说，"我热烈地爱您……（玛利亚·加夫里洛夫娜的脸红了，头垂得更低）我做事欠慎重，使自己养成一种令人高兴的习惯，习惯于每天看见您，听到您……（玛利亚·加夫里洛夫娜想起了圣·普里①的第一封信）现在违抗自己的命运为时已晚，关于您的记忆和您那可爱的、无与伦比的身影从此将是我生活中的痛苦和喜悦，但是我还有一个沉痛的义务：向您揭露一个可怕的秘密，并在我们中间筑起一道不可逾越的障碍……""障碍始终是存在的，"玛利亚·加夫里洛夫娜急忙打断他的话，"我永远不能做您的妻子……""我知道，"他轻声回答她，"我知道，您爱过一个人，但是死和三年的哀悼……善良的、亲爱的玛利亚·加夫里洛夫娜！不要再设法剥夺我最后的慰藉：我曾想过您会同意使我幸福，如果……别说啦，看上帝分上，别说啦。您是在折磨我。是的，我知道，我感到，您本来可以属于我，但是，我是个最最不幸的人……我结过婚！"

玛利亚·加夫里洛夫娜惊讶地瞥了他一眼。

"我结过婚，"布尔明接着说，"我结婚已经三年多了，可我不知道我的妻是谁，她在哪里，会不会有一天和她见面！"

"您在说什么呀？"玛利亚·加夫里洛夫娜高声说，"真是怪事！接着讲吧，然后我来讲……不过请您先接着讲吧。"

---

① 圣·普里，法国作家卢梭（1712—1778）的书信体小说《新爱洛绮丝》中的男主人公。仿宋字体是表示原文中用了法语，以下不再一一作注。

"1812年初,"布尔明说,"我要赶往我们团的驻地维尔纳①,有一天很晚的时候,我来到一个驿站,我吩咐赶快套马,这时突然刮起了猛烈的暴风雪,驿站长和车夫都劝我等一等。我听从了他们的劝告,但是我突然感到一种莫名其妙的不安,仿佛有人在催促我。这时候暴风雪并没有停息,我急不可耐地又吩咐套马,冒着暴风雪动身。车夫想从河上走,可以少走三俄里路。两岸被雪封了,马车夫错过了应该走上大路的地方,这一来,我们就到了一个陌生的地方。暴风雪不见减弱,我看到一点灯光,就叫车夫往那边走。我们来到一个村子,一座木头教堂里面有灯火。教堂的门开着,篱笆后面停着几辆雪橇,门前的台阶上有人走动。'这儿来!这儿来!'几个人一齐喊起来。我吩咐车夫驶向教堂。'哎呀,你在哪里耽搁啦?'有人对我说。'新娘昏过去了,神父不知道怎么办,我们都打算回去了。快进来吧。'我一言不发地跳下雪橇,走进只点有两三支蜡烛的教堂。一个少女坐在教堂里暗角落的长凳上,另外一个少女在揉她的太阳穴。'谢天谢地,'这个少女说,'您总算来了。您差点把我们小姐的命给送了。'老神父走到我跟前问:'可以开始吗?''开始吧,开始吧,神父。'我漫不经心地回答说。大家把少女搀扶起来。我觉得她长得不错……莫名其妙的、不可饶恕的轻薄……我跟

---

① 维尔纳,即立陶宛共和国首都维尔纽斯。

她并排站在读经台前；神父急急忙忙，三个男子和婢女扶着新娘，只顾照料她。给我们举行了婚礼。'接吻吧。'他们对我们说。我的妻把她那苍白的脸转向我。我正要吻她……她叫了起来：'啊，不是他！不是他！'便昏过去了。证婚人都惊骇地望着我。我扭转身毫无阻拦地出了教堂，冲上车，叫道：'走！'"

"我的天！"玛利亚·加夫里洛夫娜叫起来，"那么，您不知道您那可怜的妻子怎么样了吗？"

"不知道，"布尔明回答说，"我不知道我举行婚礼的村子叫什么，我不记得我是从哪个驿站出发的。当时我根本不重视我那罪恶的恶作剧，一离开教堂我就熟睡了，直到第二天早上才醒，已经到了第三个驿站。当时跟随我的仆人在行军中死去，结果我就根本没有希望去找那个姑娘，我对她开了那样残酷的玩笑，现在她又这样残酷地向我报复。"

"我的天，我的天！"玛利亚·加夫里洛夫娜一把抓住他的手，说道，"原来这就是您！您认不出我了吗？"

布尔明脸色煞白……跪倒在她脚前……

1830年10月20日

（磊然 译）

棺材店老板

我们不是每天都看到棺材,

这日渐衰老的宇宙的白发?

——杰尔查文[1]

棺材店老板阿德里安·普罗霍罗夫的最后一批家什装上了灵车,一对瘦弱的驽马就第四次把灵车从巴斯曼街慢慢腾腾地拉到棺材店老板全家迁过去的尼基塔街。[2]他锁上铺子的门,在大门上贴了一张本房屋出售和出租的启事,就步行往新居去了。年老的棺材店老板渐渐走近一直使他那么魂思梦想、终于花了相当大的一笔钱买下的那座黄色小屋,心里并没有感到喜悦,倒使他觉得有些奇怪。他跨进陌生的门槛,看到新居里乱七八糟,不禁怀念起十八年来里面的一切都收拾得有条不紊的破旧的陋屋。他责骂两个女儿和女仆做事拖沓,自己动手帮她

---

[1] 杰尔查文(1743—1816),俄国诗人,引诗摘自他的颂歌《瀑布》。
[2] 巴斯曼街和尼基塔街是当时莫斯科的两条街。

们收拾，不久就整理就绪。装着圣像的神龛、摆着餐具的碗柜、饭桌、沙发和床都安放在后房里一定的地方。厨房里和客厅里放着主人的制品：各种颜色和各种尺寸的棺材，放着丧帽、丧服和火把的橱柜。大门上面悬挂着一块招牌，招牌上画着手里倒拿火炬的茁壮的爱神①，下写："此处出售兼包钉白坯棺材及上漆棺材，并出租及修理旧棺材。"姑娘们回自己的房间去了。阿德里安在住宅各处走了一遍，便在窗前坐下，吩咐预备茶炊。

博学的读者知道，莎士比亚和瓦尔特·司各特都把自己书中的掘墓人写成快活诙谐的人②，以这样截然不同的对比来使我们的想象力相形见绌。出于尊重真实，我们无法仿效他们，我们应该承认，我们的棺材店老板的性情和他那令人极不愉快的行业是完全相称的。阿德里安·普罗霍罗夫平时总是面色阴沉，心事重重。只有看到女儿闲着在窗口看过往行人的时候数落她们，或是向不幸（有时却是高兴地）需要他的制品的人索取高价的时候，他才肯开金口。阿德里安就这样坐在窗前喝着第七杯茶，照例沉浸在忧郁的思虑之中。他想到一星期前退伍旅长出殡时在城门口遇上的那场倾盆大雨。许多丧服被淋缩，许多帽子被淋得歪七扭八。他预见到这些花销是免不了的，因为他手头使用了好久的那些丧服都不像样了。他希望在女商人

---

① 爱神手中倒拿的火炬是死亡的象征。
② 见莎士比亚的《哈姆雷特》及司各特的历史小说《拉马摩尔的新娘》。

特留希娜老太婆身上捞回这笔损失。特留希娜濒于死亡已经将近一年,不过她家住在拉兹古略依①,普罗霍罗夫担心,她的继承人尽管答应了他,到时候会嫌路远不肯派人来找他,而跟附近的承包人讲妥价钱。

突然,三下共济会②员式的敲门声打断了他的思绪。"谁啊?"棺材店老板问道。门打开了,一个人走进屋里,高高兴兴地向棺材店老板走来。一眼就看得出,来人是一个德国手艺人。"请原谅,亲爱的邻人,"他说的俄国话使我们至今听了都忍不住要哑然失笑,"恕我前来打扰……我希望快些与您认识。我是个鞋匠,我名叫戈特利布·舒尔茨,住在对街。就在你们窗户对面的那座小屋里。明天我要庆祝我的银婚③,因此我前来请您和令爱像朋友那样来舍下吃午饭。"邀请被欣然接受。棺材店老板请鞋匠坐下喝一杯酒。戈特利布·舒尔茨性情开朗,他们很快就谈得很投机。"您的买卖如何?"阿德里安问道。"嘿嘿,"舒尔茨答道,"过得去。我不能抱怨。当然啰,我的货不能跟您的比:活人没有鞋可以对付,死人没有棺材可不行。""这是大实话,"阿德里安说,"不过,活人要是买不起鞋子,请您别见怪,他可以打赤脚;可是要饭的死了,一个钱

---

① 拉兹古略依,莫斯科的一条街道,离普罗霍罗夫原来住的巴斯曼街不远。
② 共济会,18世纪流行的秘密会社,有一套复杂的暗号和仪式。
③ 银婚,西俗结婚二十五年为银婚。

不花也能弄到一口棺材。"他们的谈话这样又继续了一会,最后鞋匠站起身来跟棺材店老板告辞,把邀请的话又说上一遍。

第二天中午十二点整,棺材店老板和两个女儿走出新置的房子的边门到邻居家去。我在这里不遵照眼下小说家的习惯——对于阿德里安·普罗霍罗夫的俄罗斯式的长衣,阿库琳娜和达里娅的西欧装束,都不一一描述。可是,我想说一下,两位姑娘都穿戴着只有在隆重场合才穿戴的黄帽子和红皮靴,这并非多余。

鞋匠的狭小的寓所里挤满了来客,大多是德国手艺人、他们的妻子和徒弟。唯一的俄国公务员是一个岗警,芬兰佬尤尔科,却能获得主人的特殊优待。二十五年来他在这个职位上忠心诚实地服务,就像波戈列利斯基笔下的邮差[1]一样。1812年的大火[2]毁了最初的首都,也消灭了他的黄岗亭。但是赶走敌人之后,在原地立刻出现了一座新的、用多利斯式[3]白色圆柱支着的浅灰色岗亭。尤尔科又手持斧钺、身穿粗呢铠甲[4],在岗亭附近来回走动了。住在尼基塔城门附近一带的德国人大多

---

[1] 俄国作家波戈列利斯基(1787—1836)的中篇小说《拉菲尔托沃的中心》(1825)中的人物,即退职的邮差奥努夫里奇。
[2] 1812年的大火,拿破仑入侵俄国时,俄国军队从莫斯科撤退,莫斯科全城起火。
[3] 多利斯式,古希腊建筑风格之一。
[4] 引自俄国诗人伊兹麦伊洛夫(1779—1831)的童话诗《傻瓜帕霍莫夫娜》。"粗呢铠甲"指岗警穿的粗呢大氅。

认识他：有的星期天晚上还在他那里过夜。阿德里安马上就跟他结识了，因为这个人迟早总要用得着。客人就座时，他们就坐在一块。舒尔茨先生太太和他们的女儿，十七岁的洛特亨，陪客人一同进餐，一面招待客人，一面帮着厨娘上菜。啤酒像水似的流着，尤尔科的食量抵得上四个人，阿德里安也不甘落后，他的两个女儿倒很斯文。用德语的谈话越来越热闹。突然主人请大家注意，他一边打开用树脂封的酒瓶塞，一边大声说着俄语："祝我的好路易莎身体健康！"蹩脚香槟酒冒着泡沫。主人温存地吻了吻他四十岁的伴侣的鲜艳的面颊，客人便热闹地为好路易莎的健康干了杯。"祝我亲爱的客人们身体健康！"主人又打开第二瓶，大声一说，——客人们对他表示感谢，又干了杯。接着就开始一个接一个地祝酒：为每一个客人的健康干杯，为莫斯科和整整一打德国小城市干杯，为所有的行会和个别的行会干杯，为师傅们和学徒们的健康干杯。阿德里安开怀畅饮，高兴得竟说了一句开玩笑的祝词，提议干杯。忽然，客人中一个胖面包师举杯高声说道："祝我们为他们服务的人们，unserer Kundleute①，健康！"这个提议和所有的提议一样，被一致兴高采烈地采纳。客人们互相鞠躬致敬，裁缝向鞋匠鞠躬，鞋匠向裁缝鞠躬，面包师向他们俩鞠躬，大伙向面包师鞠躬，

---

① 德语：我们的主顾们。

等等。在大家互相鞠躬的当儿，尤尔科对着自己的邻座大声说："怎么样？老伙伴，为你的死人的健康干杯吧。"大伙都哈哈大笑起来，可是棺材店老板觉得脸上下不来，皱起了眉头。这事谁也没有在意，客人们继续喝酒，散席的时候，教堂已经敲起晚祷钟了。

客人们很晚才散去，大都带有醉意。胖面包师和脸孔

> 好像包了鲜红色精制山羊皮封面①

的装订匠，遵照"好心有好报"的俄国谚语，一边一个搀着尤尔科，把他送到岗亭。棺材店老板醉醺醺地回到家里，心里很是恼火。"怎么，说实在的，"他自言自语地说，"我这一行有哪一点不及人家体面？难道棺材店老板是刽子手的兄弟？这批异教徒有什么好笑的？难道棺材店老板是圣诞节演出的小丑？我本来倒想请他们到新居来，请他们大吃一顿。现在可休想啦！我要邀请我的主顾：那些信奉正教的死人。""老爷子，你怎么啦？"正给他脱靴子的女仆说，"你在胡说些什么呀？快画十字吧！招死人到新房子来！真吓死人！""一点不假，我要招他们来，"阿德里安接下去说，"就是明天，我的恩人们，请赏光，

---

① 引自俄国剧作家克尼亚日宁（1742—1791）的喜剧《吹牛大王》（1786）。

明天晚上我要好好地设宴招待你们。"棺材店老板一边说一边上床，转眼之间就鼾声大作。

阿德里安被叫醒的时候外面还是一片漆黑。女商人特留希娜这天夜里死了。她的伙计特地派人骑着马来向阿德里安报信。棺材店老板给了他十个戈比作为酒钱，赶紧穿好衣服，雇了马车往拉兹古略依去。死者的大门前已经站着几个警察。商人们好像嗅到死尸气味的乌鸦走来走去。尸体停放在桌上，面色蜡黄，不过尚未腐烂变形。亲属、邻居和家人麇集在她四周。所有的窗户都大开着，点着蜡烛，牧师们在念诵祷文。阿德里安走到特留希娜的侄子——一个身穿时式常礼服的年轻商人——跟前，对他说，棺材、蜡烛、棺罩以及一应丧葬用品马上会给他准备齐全。继承人漫不经意地谢了他，说价钱随他开，一切都凭他的良心办事。棺材店老板照例对天发誓地说，他绝不多要一文钱。他跟伙计心照不宣地交换了眼色，便去张罗去了。他从拉兹古略依到尼基塔城门来回跑了一整天，到傍晚一切都准备就绪。他打发了马车夫，步行回家。夜里月色皎洁。棺材店老板平安无事地走到尼基塔城门口。他经过耶稣升天教堂的时候，我们的熟人尤尔科喊他停下，等认出是棺材店老板，就向他道了晚安。天色不早了。棺材店老板已经快走近自己的家，忽然发现有人走近他家大门，打开边门走了进去。"这是怎么回事？"阿德里安心里想。"又有人来找我？是不是小偷溜进来了？是不是我那两个傻丫头的情人？怕没有好事！"棺材店老板已经想叫他的朋友尤尔科来帮忙。这时又有一个人走近边门，打算进去，但是看到主人跑过来，就站下来脱下头上的三角帽。阿德里安觉得他怪面熟，但是匆促间没有来得及仔细打量他。"大驾光临，"阿德里安气喘吁吁地说，"请进。""别客气，老爷子，"来人声音喑哑地说，"请先走，给客人带路！"阿德里安根本顾不上客气。边门没有闩上，他走上楼梯，来人也跟着。阿德里安觉得，各个房间里都有人走动。"真是见鬼啦！"他心里想，急忙走了进去……他的腿发软了。满屋子都是死人。月光从窗上射进来，照着他们的又青又黄的脸、瘪陷的嘴、半睁半闭的浑浊的眼睛和突出的鼻子……阿德里安辨认出他们都是经他费心埋葬的人，吓得心惊胆战。跟他一同进来的是在倾盆大雨中下葬的旅长。所有这些女士先生们都围着棺材店老板向他行礼致意，只有一个不久前免费发送的穷人，因为自己的破衣烂衫自惭形秽，不好意思走近，规规矩矩地站在角落里。其余的一个个都穿戴体面：女的戴着系缎带的包发帽，男的官员身穿礼服，但是胡子没有刮，商人穿着节日的长袍。"你看，普罗霍罗夫，"旅长代表全体说，"承蒙你邀请，我们都站了起来前来赴宴。留在家里的只有那些实在来不了的，完全散了架的，还有那些只剩下皮和骨架的。但是有一个憋不住，他实在太想来看你……"这时一具小小的骷髅在人群中挤过来走到阿德里安面前。他的头颅骨向棺材店老板亲切地笑着。破破烂烂的浅绿和红色呢子衣服，还有破麻布挂在他身上，好像挂在竿子上，脚骨套着一双很大的骑兵长靴，好像杵棒在捣臼。"你不认得我啦，普罗霍罗夫，"骷髅说，"你还记得退伍的近卫军中士彼得·彼得罗维奇·库里尔金吧，你在1799年卖给他你的第一口棺材，而且还用松木的假充橡木的？"死人一边说一边伸出只剩骨头的手臂要来拥抱他，阿德里安却大叫一声，用足气力把他推开。彼得·彼得罗维奇摇晃了一下跌倒了，整个散了架。死人中间发出一片不满的嘟哝声。大家都来维护自己同伴的尊严，又是叫骂又是恐吓地逼近阿德里安。可怜的主人被他们的叫喊震聋了耳朵，几乎被他们挤死，他吓得失魂落魄，自己也倒在退伍中士的骨堆上，昏了过去。

太阳早已照在棺材店老板睡的床上，他终于睁开眼睛，看见面前正在扇茶炊的女仆。阿德里安想起昨晚发生的事，心惊胆战。特留希娜、旅长和库里尔金模糊地萦绕在他脑际。他默默地等女仆先开口跟他谈起昨夜那场惊慌的后果如何。

"阿德里安·普罗霍罗维奇，老爷子，你真是好睡，"阿克西尼娅把长袍递给他，说，"隔壁的裁缝来找你，这儿的岗警也跑来通知，今天是警察区长的命名日，可是你一个劲儿地睡，我们又不愿意叫醒你。"

"死去的特留希娜家里有人来找过我吗？"

"死去的特留希娜？难道她死了？"

"你真笨！昨天你不是帮我给她办丧事来着？"

"老爷子，你怎么啦，你是疯啦，还是昨天的酒没有醒？昨天哪里办过丧事？你整天在德国人那里又吃又喝，醉醺醺的回来，倒在床上一直睡到现在，教堂里的午祷钟都打过了。"

"是吗！"棺材店老板高兴地说。

"当然没错。"女仆回答说。

"哦，既是这样，快些拿茶来，再把我的女儿叫来。"

1830年9月9日

（磊然　译）

驿 站 长

十四品文官①,

驿站的独裁者。

——维亚泽姆斯基公爵②

谁没有咒骂过驿站长,谁没有同他们吵过架?谁没有在盛怒之下向他们索取过那要命的本子以便在上面写下自己对他们的欺压、粗暴和怠慢的无济于事的控诉!谁不把他们当做人类的恶棍,犹如过去的恶讼师,或者,至少也和牟罗姆③的强盗无异?但是,我们如果公平一些,尽量为他们设身处地想一想,也许,我们责备他们的时候就会宽容得多。什么是驿站长呢?一个真正的十四级的受气包,他的官职仅仅能使他免于挨

① 十四品文官,帝俄时代最低级的文官。
② 维亚泽姆斯基公爵(1792—1878),俄国诗人、评论家,引诗摘自他的《驿站》一诗。
③ 牟罗姆,9至12世纪居住于奥卡河下游的一个部族。牟罗姆森林是强盗出没的地方。

打，而且这也并非总能做到（请读者扪心自问）。维亚泽姆斯基开玩笑称他是独裁者，他的职务是怎样的呢？是不是真正的苦役？白天黑夜都不得安宁。旅客把在枯燥乏味的旅途中积聚起来的全部怨气都发泄在驿站长身上：天气恶劣，道路难行，车夫脾气犟，马不肯拉车——都成了驿站长的过错。旅客走进他的寒碜的住所，像望着仇人似的望着他。要是他能赶快打发掉这个不速之客还好，但是如果正碰上没有马呢？……天哪！什么样的咒骂、什么样的威胁都会劈头盖脸而来！他得冒着雨、踩着泥泞挨家挨户奔走。遇上狂风暴雨天气或是受洗节前后的严寒日子[①]，他得躲进穿堂，只是为了休息片刻，避开被激怒的投宿客人的叫嚷和推搡。来了一位将军，浑身发抖的驿站长就得给他最后的两辆三套马车，其中一辆是供信使专用的。将军连谢也不谢一声就走了。过了五分钟——又是铃声！……一个信使把自己的驿马使用证往桌上一扔……如果我们把这些都好好地想一想，我们心里的怒气就会消释而充满真挚的同情。我再说几句：我二十年来走遍了俄罗斯的东西南北，差不多所有的驿道我都知道；好几代的车夫我都认识；很少有驿站长我不面熟；很少有驿站长我不曾跟他们打过交道。我希望在不久的将来我所积累的饶有趣味的旅途见闻能够问世。目前我只想

---

① 指1月下半月最冷的时节。

说，人们对驿站长这一类人的看法是极其错误的。这些备受诽谤的驿站长，一般说来都是和善的人，天生乐意为人效劳，容易相处，对荣誉看得很淡泊，不太爱钱财。从他们的言谈（过路的老爷们偏偏却瞧不起这些言谈）中，可以吸取许多有趣的东西，获益匪浅。至于我呢，老实说，我是宁愿听他们谈话，也不要听一位因公外出的六品文官的高谈阔论。

不难猜到，在可尊敬的驿站长这一类人中间就有我的朋友。真的，其中有一位给我留下了弥足珍贵的回忆。我们曾有机缘一度接近过，我现在准备同亲爱的读者谈谈他的故事。

1816年5月，我曾经乘车顺一条现在已经废弃的驿道经过×××省。我官卑职小，只能在每个驿站换马，只付得起两匹驿马的租钱。因此驿站长们对我并不客气，我往往要经过力争才能得到我认为是名分应得到的东西。当时我由于年少气盛，要是驿站长把给我预备的三匹马套到一位官老爷的马车上，我对他的卑贱和怯懦就会感到愤慨；在省长设的宴会上，遇到善于辨别身份的奴才上菜时把我漏掉，我也总是耿耿于怀。如今呢，我却以为这两种情形都是理所当然的了。的确，小官尊敬大官是一条普遍适用的准则，要是用另一条准则，比方说，聪明人尊重聪明人来代替它，那我们会怎么样呢？岂不是要吵翻了天！仆人上菜又从谁开始呢？但是我还是来讲我的故事吧。

那是一个炎热的日子。离×××驿站还有二俄里的时候开始落下稀疏的雨点。转眼之间，倾盆大雨已经把我淋得浑身湿透。到了驿站，第一件事就是赶快换衣服，第二件事是要一杯茶。"喂，杜尼娅①！"驿站长叫道，"拿茶炊来，再去拿点鲜奶油。"听到这话，从隔扇后面出来一个十四五岁的姑娘，跑到穿堂里去了。她的美使我吃惊。"这是你的女儿吗？"我问驿站长。"是我的女儿，"他带着得意的神气回答说，"她聪明伶俐，跟她去世的母亲一模一样。"这时他动手登记我的驿马使用证，我就欣赏起他装点他那简朴而整洁的住屋的图画来。这些画画的是浪子回头的故事②：第一幅画着一个头戴尖顶帽、身穿长袍的可敬的老人在给一个神情不安的青年送行，那青年人急匆匆地接受他的祝福和一个钱袋。另一幅以鲜明的线条画出这个年轻人的放荡行为：他坐在桌旁，一群虚情假意的朋友和无耻的女人围着他。再往下，这个把钱财挥霍净尽的青年衣衫褴褛，戴着三角帽在喂猪，并且与猪分食：他脸上露出深切的悲痛和悔恨。最后画着他回到父亲那里。仍旧戴着尖顶帽、穿着长袍的慈祥老人跑出来迎接他。浪子跪着，远景是厨子在宰一头肥壮的牛犊，哥哥向仆人们询问如此欢乐的原因。在每一幅画下面我都读到与内容相配合的德文诗句。这一切，还有那几盆凤仙花、挂着花布幔帐的床以及当时我周围的其他物件，至今还保

---

① 杜尼娅，阿芙多吉娅的小名。
② 见《圣经·新约·路加福音》。

留在我的记忆中。这位五十来岁的主人精神饱满，容光焕发，绿色常礼服上用褪色的绶带挂着三枚奖章，至今他的模样还历历如在眼前。

我跟老车夫还没有把账算清，杜尼娅已经拿着茶炊回来了。这小妖精看了我第二眼就察觉了她给我的印象，她垂下了浅蓝色的大眼睛。我开始同她说话，她很大方地回答我，像个见过世面的姑娘。我请她父亲喝一杯潘趣酒，给杜尼娅一杯茶，我们三个人就聊起天来，仿佛认识了很久似的。

马匹早就准备好了，可是我仍旧不愿意同驿站长和他的女儿分手。最后我同他们告别了；做父亲的祝我一路平安；女儿送我上车。到穿堂里我停下来，请她允许我吻她一下。杜尼娅答应了……

从我做这事以来，

我可以算得出许多次接吻，但是没有一次亲吻在我心中留下这样悠长、这样愉快的回忆。

过了几年，我又有机会经过那条驿道，使我重临旧地。我想起老站长的女儿，想到又可以看到她而感到高兴。但是我又想，老站长也许已经调离，杜尼娅可能已经出嫁。我的头脑里也闪过他或她会不会死去的念头。我怀着悲伤的预感走近×××

驿站。

马匹在驿站的小屋前停下。我一走进房间，立刻认出了那几幅画着浪子回头的故事的画，桌子和床还放在原来的地方，但是窗台上已经没有花，四周的一切都显出败落和无人照管的景象。驿站长盖着皮袄睡着，我的到来把他吵醒，他欠起身来……这正是萨姆松·维林，但是他衰老得多厉害啊！在他准备抄下我的驿马使用证的时候，我望着他的白发，望着他那好久没刮胡子的脸上的深深的皱纹和他的驼背——不能不感到惊讶，怎么三四年的工夫竟把一个精力旺盛的汉子变成一个衰弱的老头。"您还认得我吗？"我问他，"咱们是老相识了。""可能是。"他阴沉地回答说，"这儿是大路，来往旅客到过我这里的很多。""你的杜尼娅好吗？"我继续问。老头皱起了眉头。"天晓得她。"他回答说。"这么说她是出嫁了？"我说。老头装作没有听见我的问话，继续轻声念我的驿马使用证。我不再问下去，叫人拿茶来。好奇心开始使我不得安宁，我指望潘趣酒能使我的老相识开口说话。

我没有想错，老头没有拒绝送过去的酒杯。我发现甜酒驱散了他的阴郁。一杯下肚，他的话多起来。不知他是记起了呢，还是装出记起我的样子，于是我便从他口中听到了当时使我非常感兴趣、又使我深受感动的故事。

"这么说，您认识我的杜尼娅啰？"他开始说，"有谁不认识她呢？唉，杜尼娅，杜尼娅！是个多好的姑娘啊！以前，凡是过路的人，谁都夸她，谁也不会说她不好。太太们有的送她一块小手帕，有的送她一副耳环。过路的老爷们故意停下来，好像要用午餐或是晚餐，其实只是为了多看她几眼。往往有这样的情形，不管老爷的火气多么大，一看见她就会平静下来，和颜悦色地和我谈话。先生，您信不信：信使们跟她一聊就是半个钟头。家由她管：收拾房子啦，做饭啦，样样都安排得妥妥当当。我这个老傻瓜，对她看也看不厌，有时连喜欢都喜欢不过来，是我不爱我的杜尼娅、不疼我的孩子呢，还是她的日子过得不称心呢？都不是，灾祸是躲不了的；命该如此，要逃也逃不了啊！"于是他开始详详细细地向我讲述他的伤心事。

三年前，一个冬天的晚上，驿站长正在一本新簿子上画格子。他女儿在隔扇后面给自己缝衣服。这时来了一辆三套马车，一个头戴车尔凯斯帽、身穿军大氅、裹着披肩的旅客走进来要马。马都派出去了。一听说没马，旅客就提高嗓门，扬起了马鞭。见惯这种场面的杜尼娅从隔扇后面跑出来，殷勤地问那个旅客要不要吃点什么？杜尼娅的出现起了它惯有的效果。旅客的怒火烟消云散了，他同意等待马匹，还要了晚餐。旅客脱下毛茸茸的湿帽子，解下披肩，脱掉外套，原来是一个体格匀称、蓄着黑口髭的年轻骠骑兵。他坐到驿站长旁边，高高兴兴地同他和他的女儿交谈起来。晚餐端上来了。这时有几匹马回来了，驿站长吩咐不用喂食，马上把它们套在旅客的车上。但是等他回来的时候，却发现那个年轻人躺在长凳上，几乎失去了知觉：他感到很不舒服，头痛得厉害，不能上路……怎么办呢！驿站长把自己的床让给他，如果病情不见好转，还准备第二天一早就派人到 C①城去请医生。

第二天，骠骑兵的病情更恶化了。他的仆人骑了马进城去请医生。杜尼娅用浸了醋的手帕包扎他的头，坐在他床边做针线活。当着驿站长的面，病人直哼，几乎一言不发，但却喝了两杯咖啡，并且哼哼着要了午餐。杜尼娅一直守着他。他不断要水喝，杜尼娅给他端来一大杯她做的柠檬水。病人润着嘴唇，每次递还杯子的时候，都用他的无力的手握握杜尼娅的手表示感谢。午饭前医生来了。他摸了摸病人的脉，用德语同他谈了几句，然后用俄语宣称，病人只是需要静养，过两天就可以上路。骠骑兵付给他二十五卢布的出诊费，还请他用午餐。医生同意了，两人的胃口都很好，喝了一瓶酒，才彼此非常满意地分手。

又过一天，骠骑兵完全恢复了。他非常高兴，不停地一会儿同杜尼娅，一会儿同驿站长开玩笑。他吹着曲子，同旅客们交谈，把他们的驿马使用证登记在驿站登记册上。他大大博得了好心的驿站长的喜欢，到第三天早上，驿站长竟舍不得同他

---

① C，俄文字母，发音类似英文字母"S"。

那可爱的客人分别了。那天是星期日，杜尼娅预备去做礼拜。骠骑兵的马车拉来了。他为了在这里又吃又住，重重地酬谢了驿站长，才和他告别。他也同杜尼娅告别，表示愿意送她去村边的教堂。杜尼娅犹豫不决地站着……"你怕什么？"父亲对她说，"大人又不是狼，不会把你吃掉；你就坐车子去教堂吧。"杜尼娅上了车挨着骠骑兵坐下，仆人跳上驭座，车夫一声呼哨，马儿就奔驰起来。

可怜的驿站长不明白，他怎能亲口允许他的杜尼娅同骠骑兵一同乘车走呢？他怎么会瞎了眼，怎么会鬼迷心窍？过了不到半小时，他觉得心里烦躁，六神不安，忍不住自己也跑去做礼拜。到了教堂跟前，他看到人们已经散去，但是杜尼娅既不在围墙边，也不在教堂门口。他急忙走进教堂：神父正从祭坛后面走出来，教堂执事在吹灭蜡烛，有两个老妇人还在角落里祈祷，但是杜尼娅却不在教堂里。可怜的父亲好容易才下决心去问教堂执事，杜尼娅有没有来做过礼拜。教堂执事回答说没有来过。驿站长半死不活地走回家去。他只剩下一个希望：杜尼娅年轻做事轻率，也许忽然想起来乘着车子到下一站去看她的教母去了。他痛苦而焦急地等待他让她乘坐的那辆三驾马车回来。车夫老不回来。到傍晚时分，车夫终于一个人回来了，喝得醉醺醺的，带来一个吓死人的消息："杜尼娅跟着骠骑兵又从那一站往前走了。"

老头儿禁不住这不幸的打击，他立时倒在那个年轻骗子昨夜躺过的床上。现在驿站长回想起种种情况，才明白生病是假装的。可怜的老人患了极为厉害的热病；他被送到C城，派了一个人暂时来代替他。给他治病的就是来给骠骑兵看病的那个医生。他对驿站长确凿有据地说，那个年轻人身体完全健康，当时他就猜到他不怀好意，但是因为怕他的鞭子，所以没有作声。这个德国医生的话不知道是真的呢，还是想炫耀自己有先见之明，但是他的话丝毫安慰不了可怜的病人。驿站长的病体刚恢复，他就向C城的驿站局长请了两个月的假，对任何人都不提自己的打算，步行寻找女儿去了。他根据驿马使用证知道骑兵大尉明斯基是从斯摩棱斯克去彼得堡的。给他驾过车的车夫说："杜尼娅一路啼哭，尽管她好像是自己情愿去的。""也许，"驿站长想道，"我能把我那迷途的羔羊带回家来。"他怀着这个想法来到彼得堡，在伊兹梅尔团一个退位的上士，他的老同事家里住下，就开始四下寻找。不久就被他打听出来，骑兵大尉明斯基在彼得堡，住在德穆特饭店①，驿站长决定去找他。

他一清早来到明斯基的前室，请求禀报大人，说有个老兵求见。一个勤务兵在擦撑着鞋楦的皮靴，他说主人在睡觉，十一点钟以前不接见任何人。驿站长走了，到指定的时间又回

---

① 德穆特饭店，彼得堡当时著名的饭店，离涅瓦大街不远。

来。明斯基穿着晨衣，戴着红色小帽亲自出来见他。"老兄，你要什么？"他问他。老头的心沸腾起来，泪水涌到眼睛里。他用颤抖的声音只说出了："大人！……请行行好吧……"明斯基迅速地瞥了他一眼，脸一红，就抓住他的手把他带到书房里，随手把门关上。"大人！"老头接下去说，"过去的事情就算了；至少，请您把我可怜的杜尼娅还给我吧。您已经把她玩够了；别白白地毁了她。""生米已成熟饭，无法挽回了，"年轻人十分狼狈地说，"我对不起你，希望求得你的宽恕。可是你别以为我会抛弃杜尼娅，我可以向你保证，她会幸福的。你要她做什么？她爱我，她已经不习惯原先的处境了。无论你也好，她也好——你们都不会忘记已经发生的事。"接着，他把一样东西塞到老人的衣袖里，就把门打开。驿站长自己也不记得他是怎样到了大街上的。

他呆呆地站了好久，最后看到自己衣袖的折袖里有一卷纸。他取出来打开一看，原来是几张揉皱的五卢布和十卢布的钞票。泪水又涌到他的眼睛里，是愤懑的泪水啊！他把钞票揉做一团，扔在地上，还用鞋后跟踩了一脚，走了……走了几步，他停了下来，想了一想，又回转身来……但是钞票已经不见了，一个衣着考究的年轻人看见他，就奔向一辆出租马车，急忙坐上车，喊道："走！……"驿站长没有去追他。他决定回自己的驿站，但是先要看看他的可怜的杜尼娅，哪怕见一面也好。为了这，两天后他又到明斯基那里，但是勤务兵厉声告诉他，主人不接见任何人，胸一挺就把他挤出前厅，冲着他的脸砰地关上了门。驿站长站了一会，只好走了。

当天晚上，他在"一切悲伤的人们"教堂做过祷告，在铸造厂街上走着。突然他面前驶过一辆华丽的马车，驿站长认出了明斯基。马车在一座三层楼房的大门口停下，骠骑兵就跑上了台阶。驿站长的头脑里闪过一个侥幸的念头。他折了回来，走到车夫跟前。"老弟，是谁的马？"他问，"不是明斯基的吗？""正是，"车夫回答，"你有什么事？""是这么回事：你家老爷吩咐我送一张字条给他的杜尼娅，可我把他的杜尼娅住在哪儿给忘记了。""就在这儿二层楼上。你的信送晚了，老兄，现在他本人已经在她那里了。""不要紧，"驿站长心里激动得不可名状，"多谢你的指点，可是我还是要把我的事办完。"说着他就走上楼梯。

门锁着。他按了铃，焦急地等了几秒钟。钥匙响了，给他开了门。"阿芙多吉娅·萨姆松诺夫娜①住在这里吗？"他问。"住在这儿，"年轻的女仆回答说，"你找她有什么事？"驿站长并不回答，径自走进大厅。"不行，不行！"女仆跟在他后面叫道，"阿芙多吉娅·萨姆松诺夫娜有客。"但是驿站长不

---

① 阿芙多吉娅·萨姆松诺夫娜，杜尼娅的名字和父称。

理她，自顾往前走。头两间屋子很暗，第三个房间里有灯光。他走到开着的门边，停了下来。在布置得很精致的房间里，明斯基坐在那儿沉思。杜尼娅穿着极其华丽的时装，坐在他的手圈椅的扶手上，像女骑士坐在她的英国式马鞍上一样。她深情地望着明斯基，把他的乌黑的鬈发绕在她的闪闪发光的手指上。可怜的驿站长啊！他从不曾见过他的女儿有这么美，他情不自禁地叹赏起来。"是谁？"她问，并没有抬起头来。他仍旧不作声。杜尼娅没有听到回答，抬起头来一看……接着一声惊呼，就倒在地毯上了。明斯基吓了一跳，跑过去扶她，猛然看见老站长站在门口。他放下杜尼娅，走到他跟前，气得浑身发抖。"你要干什么？"他咬牙切齿地对他说，"你怎么像强盗似的到处悄悄地盯着我？你是想杀死我还是怎么的？你给我滚！"说着就用一只有力的手抓住老头儿的衣领，把他推到楼梯上。

老头儿回到自己的住处。他的朋友劝他去控告，但是驿站长想了想，把手一摆，决定就此罢休。两天后，他从彼得堡动身回到自己的驿站，重新履行自己的职责。"我失去杜尼娅一个人生活到现在已经是第三个年头了，没有得到她一点消息。她是死是活，只有上帝知道。什么事都可能发生。被过路的浪子勾引的，她不是第一个，也不是最后一个，把她弄去供养一阵，然后就把她甩了。在彼得堡，这种年轻的傻丫头多的是，今天穿绸缎，穿天鹅绒；可是明天，你瞧吧，就会跟穷酒鬼在一起扫大街了①。有时一想到杜尼娅也许会流落在那边，就不由得起了有罪的念头，希望她早点进坟墓……"

这就是我的朋友，年老的驿站长讲的故事：他的故事不止一次被泪水打断，——他像德米特里耶夫绝妙的叙事诗里的辛勤的捷连季伊奇②那样，样子非常感人地用衣裾拭着眼泪。他的眼泪部分是由于他在讲故事时喝的五杯潘趣酒所引起的，但是不管怎样，还是使我异常感动。同他分别后，我久久不能忘掉年老的驿站长，我久久想念着可怜的杜尼娅……

还在不久以前，我路过×××地的时候，想起了我的朋友。我得悉他主管的驿站已经撤除。对我的问题："老站长还活着吗？"没有人能给我满意的答复。我决定去重访旧地，就租了私人的马匹，前往Н③村。

那时正值秋天。满天灰色的云朵；冷风从收割过的田野吹来，风过之处，树上的红叶和黄叶都被吹走。我进村时太阳已经落山，我在驿舍前停下。从门道里（可怜的杜尼娅曾在那里吻过我）走出一个胖妇人，她回答我说，老站长已经死了快一

---

① 晚间因酗酒在街上被拘留的人，次日清晨须在警察和看院子的人的监督下打扫道路。
② 捷连季伊奇，伊·伊·德米特里耶夫（1760—1837）的诗《漫画》的主人公。*伊·伊·德米特里耶夫是普希金的同时代人，诗人，寓言作家。*
③ Н，俄文字母，音"ha"。

年了，他的房子现在住进了一个做啤酒的师傅，她就是啤酒师傅的妻子。我开始为白跑一趟、白花了七个卢布而感到惋惜。"他是怎么死的？"我问啤酒师傅的妻子。"喝酒喝死的，老爷。"她回答说。"他葬在什么地方？""在村外，在他死去的妻子旁边。""能不能带我到他坟上去？""怎么不能。喂，万卡！你玩猫该玩够了。陪这位老爷到坟地去。指给他看老站长的坟在哪里。"

她这样说着，一个穿得破破烂烂、红头发、独眼的男孩跑到我面前，立即领我到村外去。

"你认识死去的站长吗？"路上我问他。

"怎么不认识！他教我削风笛。从前他（愿他进天国）从酒店出来，我们就跟着他：'老爷爷，老爷爷！给点胡桃！'他就把胡桃分给我们。从前他总是跟我们玩。"

"那么，过路的客人还记得他吗？"

"现在过路的客人不多了。有时候陪审员顺路弯过来，他也没有谈起死去的人。夏天倒来了一位太太，她问起老站长，后来到他坟上去过。"

"什么样的太太？"我好奇地问。

"一位美极了的太太，"小男孩回答说，"她坐着一辆六驾马车，带着三个小少爷和一个奶妈，还有一只黑哈巴狗。她一听说老站长死了，就哭起来，对孩子们说：'你们乖乖地坐着，我到坟场去一下。'我说我愿意领她去。可是那位太太说：'我自己认得路。'还给我一个五戈比的银币——真是个好心的太太！……"

我们来到墓地，一片光秃秃的地方，没有栅栏，满眼都是木头十字架，没有一棵小树遮阴。有生以来我不曾见过这样凄凉的墓地。

"这就是老站长的坟。"小男孩跳上一个沙墩告诉我说，那上面插着一个有铜质圣像的黑色十字架。

"那位太太也到这儿来过吗？"我问。

"来过，"万卡回答说，"我从远处望着她。她趴在这儿趴了好久。后来那位太太回到村子里，叫来了牧师，给了他一些钱，就上车走了，我呢，她给了一个五戈比的银币——真是个好太太！"

我也给了小男孩一枚五戈比银币，而且不再为这次旅行和花掉的七个卢布惋惜了。

1830年9月11日

（水夫　译）

村姑小姐

宝贝儿，你不管怎么打扮都好看。

——波格丹诺维奇①

伊凡·彼得罗维奇·别列斯托夫在我们一个遥远的省份里有一份产业。他年轻时在近卫军里服务过，1797 年退了职②，回到自己的村子里，从那时候起就没有离开过。他娶了一位贫寒的贵族小姐为妻，后来她因为难产去世，那时他正在离家很远的地方狩猎。管理家业使他很快得到安慰。他按照自己的设计造了一座房子，办了一个呢绒厂，收入增加了三倍，于是他便认为自己是附近一带最聪明的人，而那些带着家眷和狗到他家来做客的邻人，对此也毫无异言。平日他穿平绒短大衣，逢年过节便穿上用家制的呢绒做的常礼服。他亲自记支出的账目，除了

---

① 波格丹诺维奇，即伊波里特·费奥多罗维奇·波格丹诺维奇（1743—1803），俄国诗人。上句引自他的《宝贝儿》（1775—1778）一诗。
② 1797 年年初，沙皇保罗一世登位，不久近卫军军官大批退职，抗议对军队的改组。

《枢密院公报》①，什么书都不看。一般地大家都喜欢他，虽然认为他为人骄傲。只有他的近邻格里果里·伊凡诺维奇·穆罗姆斯基跟他不对劲。这一位是个地道的俄国贵族。他在莫斯科挥霍了大部分家财，在那时候又成了鳏夫，于是就来到自己剩下的最后一个村子，在那里仍旧恣意胡来，只是换了个新花样。他造了一座英国式的花园，在这上面差不多花掉全部仅存的收入。他的马夫都打扮得像英国骑手。他的女儿有一位英国女教师。他按照英国方法耕种他的田地，

但是照别人的方法，俄罗斯的庄稼是长不出来的，②

结果，格里果里·伊凡诺维奇的支出虽然大大缩减，可是收入却不见增加。可是，就连在乡下他也找到举贷的新方法，因此人们认为他并不笨，因为在本省的地主里面，他是第一个想出将产业抵押给赈济局③的：这种办法在当时看来是非常复杂，非常大胆的。批评他的人里面，别列斯托夫的意见最为激烈。憎恨新设施是他性格的一个特点。提到邻人崇拜英国的那股狂热，他就不能平心静气，时刻找机会来批评他。哪怕是在请客

---

① 《枢密院公报》，1808年发行的政府公报。
② 引自俄国剧作家沙霍夫斯科伊（1777—1846）的作品《讽刺》(1808)。
③ 赈济局，旧俄主管监护事宜和孤儿院的政府机构，也管贵族抵押产业的信贷业务。

人参观自己的产业的时候，客人如果称赞他管理有方，他就会这样回答："是啊！"他带着狡猾的冷笑说，"我的方法跟邻人格里果里·伊凡诺维奇的那一套可不一样。我们可不能照英国的方法弄得破产！我们但愿能照俄国方法吃饱肚皮就不错了。"诸如此类的笑话，由于邻居们的热心，又添枝加叶地被搬到格里果里·伊凡诺维奇的耳朵里。这位英国迷对于批评也像我们的新闻记者一样，沉不住气。他气得暴跳如雷，把这位不公正的吹毛求疵的批评家叫做狗熊和乡巴佬。

别列斯托夫的儿子回到父亲的村子的时候，这两位地主之间的关系就是如此。他在×××大学受了教育，打算进军界服务，但是做父亲的不同意。年轻人觉得自己对文职工作一窍不通。他们彼此不肯让步。年轻的阿列克谢暂时就过起少爷的生活来，先蓄起口髭[①]来再说。

阿列克谢的确是个好男儿。假如他那匀称的身躯从未穿上剪裁合身的军服，假如他的青春不是英姿勃勃地在马上度过，而是埋头在公文上消磨，委实是可惜得很。邻居们看他打猎时总是一马当先，不择道路，都异口同声地说，他永远当不成能干的科长。姑娘们看他有时竟看出了神，但是阿列克谢对她们却不大理睬。她们都认为他所以冷漠无情是因为他已经心有所

---

① 当时的军官都蓄口髭，以别于文官。

属。的确,有一个从他的一封信上抄下的地址在人们手里辗转传阅:莫斯科,阿列克谢寺院对门,铜匠萨维列利耶夫家中,阿库琳娜·彼得罗夫娜·库罗契金娜,务祈将此信转交 A. H. P.。

我的那些没有在乡间住过的读者,是无法想象这些外省的小姐们是多么迷人!她们在清新的空气里,在自家花园里的苹果树荫下长大,她们的有关世界和生活的知识是从书本里得来的。孤寂、自由和阅读,在她们心里过早地培育了我们的善于遐想的美人儿所不熟悉的情感和热情。这些小姐们,听到马车小铃铛的响声已经是奇遇,到附近的城里去就算是一生中划时代的大事,客人的来访会留下长久的、有时竟是永恒的回忆。当然,随便什么人都可以任意讥笑她们的某些怪脾气,但是肤浅的观察者的笑谑却不能贬低她们真正的优点,其中主要的是:性格的特点,个性(individualité①),照让·保尔②的看法,没有个性,就没有人类的伟大。京都的妇女也许受到更好的教育,但是上流社会的习惯很快就会将性格磨去棱角,把心灵弄得像头饰一样千篇一律。这么说并不是批评,也不是指摘,然而,正像古代的一位批评者所说,Nota nostra manet③。

不难想象,阿列克谢在我们小姐们的圈子里会产生怎样的

---

① 括弧内为法语。
② 让·保尔(1763—1825),德国作家。作者这里是指引自法文书《让·保尔的思想,引自他的全部著述》(1829)的箴言。
③ 拉丁语:我们的意见始终正确。

印象。他是第一个在她们面前显得忧郁失望的人,第一个向她们诉说自己失去的欢乐和凋谢的青春的人;而且他还戴一个绘有骷髅的黑戒指。这一切在那个省份里都是非常新颖的。姑娘们都为他神魂颠倒了。

不过最关怀他的是我的英国迷的女儿丽莎(或是贝西①,格里果里·伊凡诺维奇平时总这样叫她)。两家的父亲不相来往,她还没有见过阿列克谢,可是邻家的姑娘们都一味地谈论她。她十七岁。一双乌黑的眼睛使她那皮肤浅黑、非常讨人喜欢的脸庞显得光彩有神。她是独生的女儿,因而备受宠爱。她的活泼好动和一刻不停的淘气使她的父亲喜欢得什么似的,可是却把她的女教师约克逊小姐弄得苦不堪言。约克逊小姐是一位古板的、四十岁的老处女,喜欢涂脂抹粉,画眉,每年把《帕美拉》②读上两遍,这样,她可以拿到两千卢布的工资,但在这个野蛮的俄罗斯寂寞得要死。

娜斯佳是服侍丽莎的使女,她的年纪比小姐大,但是做事也像她一样不加考虑。丽莎非常喜欢她,有什么秘密都告诉她,跟她一同商量,出点子。总之,在普里卢契诺村里,娜斯佳是比法国悲剧里的任何一个女心腹更为重要的人物。

"请您今天让我去做客。"有一天娜斯佳侍候小姐穿衣服的

---

① 丽莎和贝西都是伊丽莎白的小名。
② 《帕美拉》,英国作家理查逊(1689—1761)的伤感教训性的小说。

时候说。

"行，可是到哪里去？"

"去图基洛沃村，到别列斯托夫家去。今天是他们家厨子女人的命名日，昨天她来请我们去吃午饭。"

"这倒不错！"丽莎说，"主人家在吵架，做用人的反倒互相款待。"

"主人家的事和我们有什么相干！"娜斯佳表示不同意，"再说我是服侍您的，又不服侍您爸爸。您又没有跟别列斯托夫少爷吵过；随他们老头儿去打架好了，要是他们乐意。"

"娜斯佳，想办法看见阿列克谢·别列斯托夫，回来好好地讲给我听，他是个什么模样，人品怎样。"

娜斯佳答应了，丽莎整天焦急地等她回来。晚上娜斯佳来了。"伊丽莎白·格里果里耶夫娜，"她一边走进房间，一边说，"我看见了别列斯托夫少爷，被我看了个够。我们整天都在一块。"

"这是怎么回事？讲吧，从头讲起。"

"请听我讲：我们去了，我、阿尼西娅·叶戈罗夫娜、涅尼拉、杜尼卡……"

"好了，我知道了。那么后来呢？"

"请听我说，我都要按着次序讲的。我们到的时候已就要吃饭了。满屋子都是人。有科尔宾诺村的，有扎哈里叶沃村的，女管家带着几个女儿，有赫洛平诺村的……"

"好！那么别列斯托夫呢？"

"您别急呀。我们都就了座，女管家坐首席，我挨着她……她的女儿一个个都气得噘着嘴，不过我才不理会她们呢……"

"唉，娜斯佳，你这些没完没了的细节真烦死人！"

"您真是没有耐性！后来我们离开了饭桌……我们这一顿饭吃了大约三个钟头，饭菜真是丰富；甜点心是奶冻，有蓝色的、红色的，还有条纹的……我们离开餐桌，到花园里去玩捉人游戏，少爷就在这时候来了。"

"那么怎样呢？他是不是真的那么漂亮？"

"漂亮得不得了，可以说是美男子。高高的个子，四肢匀称、脸上红润……"

"真的吗？我还以为他的脸是苍白的呢。怎么样？你觉得他怎么样？是忧郁的，在想心事吗？"

"您说到哪儿去啦？像这样爱玩爱闹的人，我还从来没有见过。他想出花样来跟我们玩捉人游戏。"

"跟你们玩捉人游戏！不可能！"

"完全可能！瞧他还想出了什么花样！捉住谁，就亲一下！"

"您爱怎么说就怎么说，娜斯佳，你是在瞎说。"

"信不信由您，我没有瞎说。我好容易才躲开了他。他就这样跟我们瞎闹了一整天。"

"那人家怎么说他有了情人,对谁都不睬不睬的呢?"

"那我可不知道,他老是盯着我看个没完,还看女管家的闺女塔尼娅,还看科尔宾诺村的帕莎,说真的,他对谁都一样,真能胡来!"

"这倒奇怪了!你听到他家里的人怎么说他吗?"

"他们都说,少爷为人好极了:又和气,又快活。就是有一样不好,太喜欢追逐女孩子。依我看,这倒不要紧,过过会变老成的。"

"我多么想看看他啊!"丽莎叹了口气说。

"这有什么为难的?图基洛沃村离我们这儿不远,才三里路。您可以散步或是骑马到那边去。您一定会碰到他。他每天一大早就带着枪去打猎。"

"不行,这不好。他会以为我在追求他。况且我们两家的父亲彼此不来往,这样我还是不能跟他结识……啊,娜斯佳!有主意了,我来装扮成一个乡下姑娘!"

"真是的,您穿上粗布衬衣,萨拉方①,放心大胆地走到图基洛沃村去,我敢向您保证,别列斯托夫绝不会放过您。"

"我会讲一口本地话。啊,娜斯佳,亲爱的娜斯佳!这个主意真妙!"丽莎上床睡觉的时候,下决心一定要实现她那快

---

① 萨拉方,俄国农家妇女穿的无袖长衣。

乐的设想。

第二天，她就着手实行她的计划，派人去市场买了粗布、蓝色棉布和铜纽扣，由娜斯佳帮忙裁了一件衬衣和萨拉方，叫所有的女仆都来缝衣服，天还没有黑，一切都齐备了。丽莎试了新装，她照着镜子，自认从来没有显得这般俊俏过。她又一次扮演自己的角色，一边走一边深深地鞠躬，然后又把头摇了几下，好像黏土做的小猫，说的是土话，笑起来用袖子掩着嘴，使娜斯佳看了赞不绝口。有一件事把她难住了：她试试赤着脚在院子里走走，可是草皮扎痛她的娇嫩的脚，沙子和碎石使她受不了。娜斯佳立刻给她想了个办法：她量了丽莎的脚尺寸，跑到田里去找特罗菲姆，叫他照那个尺寸做一双树皮鞋。第二天天不亮丽莎就醒了。全家还在梦乡。娜斯佳在大门外等待牧人。号角吹起来了，村中的畜群在主人的屋前蜿蜒走过。特罗菲姆走过娜斯佳面前时交给她一双小巧的彩色树皮鞋，得到她半个卢布作为酬报。丽莎悄悄地装扮成农家姑娘，低声嘱咐娜斯佳，要是约克逊小姐问起来怎样应付，便走到后门的台阶上，穿过果园直奔田野。

东方布满朝霞；一列列金色的云彩仿佛在等待太阳，就像群臣恭候君王似的：晴朗的天空、早晨清新的空气、露珠、微风和小鸟的歌唱使丽莎心中充满了孩子般的喜悦。她怕碰到熟人，她仿佛不是在走，而是在飞。走近耸立在她父亲领地边界的树林时,丽莎放慢了脚步。她应该在这里等待阿列克谢。她的心怦怦地跳着,自己也不知道是为什么,但是伴随着我们年轻时代淘气行为而来的忐忑不安,也正是淘气行为的主要的诱惑力。丽莎走进了树林的一片朦胧之中。林中低幽的、不绝如缕的声响欢迎姑娘的到来。她的喜悦平静下来。她渐渐地沉入甜美的幻想。她在想……但是怎么能准确地断定,一个十七岁的姑娘,在春天早晨五点多钟独自待在树林里心里在想些什么?她就这样一边沉思,一边沿着两边树木参天的道路走过去,突然有一只美丽的猎犬朝她吠叫。丽莎惊呼起来。这时传来一个声音:"Tout beau,Sbogar,ici……"①接着,从灌木丛后面走出一个年轻的猎人。"别怕,亲爱的,"他对丽莎说,"我的狗不咬人。"丽莎惊魂甫定,立刻见机行事。"不是,少爷,"她装作半惊半羞地说,"我害怕,瞧它多凶,又要扑过来了。"阿列克谢(读者已经认出是他)这时凝视这个农家姑娘。"你要是害怕,我陪你走,"他对她说,"你许我在你旁边走吗?""有谁不让你走呢?"丽莎回答说,"尽管走吧,大路人人都可以走。""你是从哪里来的?""从普里卢契诺村来的,我是瓦西里铁匠的女儿,来采蘑菇的(丽莎提着一个系着细绳的小篮)。少爷,你呢?是图基洛沃村的吧?""正是,"阿列克谢回答说,

---

① 法语:站住,斯保格,过来。

"我是少爷的侍仆。"阿列克谢想使他们处于平等关系。可是丽莎打量了他一下,就笑起来。"你撒谎,"她说,"别把我当傻瓜。我看得出,你就是少爷本人。""你为什么这么想?""从各个方面。""到底从哪方面?""哪有连少爷和仆人都分不清的?穿的衣服不是那样,说话不一样,连唤狗也不跟我们一样。"丽莎越来越叫阿列克谢喜欢。他一向跟漂亮的乡下姑娘随便惯了,就要来拥抱她。但是丽莎躲开了他,突然摆出一副冷若冰霜的样子,这虽然使阿列克谢觉得好笑,却也止住了他做更进一步举动的企图。"如果您愿意我们将来做朋友,"她矜持地说,"就请您放规矩些。""是谁把你教得这么聪明的?"阿列克谢哈哈大笑着问道,"莫非是我的女朋友,你们小姐的女仆娜斯金卡?原来教育是这样传播的!"丽莎觉得要露马脚,立刻就改正过来。"你以为怎么样?"她说,"你以为我从来没有去过老爷的公馆?我大概是听得多,也见得多了。可是,"她接下去说,"净跟你聊天,蘑菇也采不成。少爷,你走吧,我要到别处去。请原谅,再见了……"丽莎要走开。阿列克谢抓住她的手不让她走。"你叫什么名字,我的宝贝。""阿库琳娜,"丽莎说,她极力要把自己的手指从阿列克谢的手里抽出来,"少爷,你放手吧,我该回家了。""好吧,我的朋友阿库琳娜,我一定要去拜望你的爸爸,瓦西里铁匠。""你说什么呀?"丽莎急忙表示反对,"千万别来。要是家里知道我跟少爷单独在树林里聊天，我就该倒霉了，我父亲瓦西里铁匠非把我打死不可。""可是我一定要再跟你见面。""那就等我什么时候再到这儿来采蘑菇。""究竟在什么时候呢？""那就是明天吧。""亲爱的阿库琳娜，我真要亲亲你才好，可是又不敢。那么就是明天这个时候吧，对吗？""是的，是的。""你不会骗我吧？""不会骗你。""你发誓。""我发誓一定来。"

两个年轻人分手了。丽莎走出树林，穿过田野，偷偷地溜进花园，紧忙跑进牧场，娜斯佳在那里等着她。她在那里换了衣服，一边心不在焉地回答急不可耐的心腹的问话，一边走进客厅里去。餐桌已经摆好，早餐准备好了，约克逊小姐已经脸上擦了白粉，腰束得像高脚酒杯，在把面包切成薄片。父亲称赞她早晨出去散步很好。他说："没有比清晨散步对健康更有益的了。"他当场举出从英国杂志上看到的几个长寿者的例子，指出凡是活过百岁以上的人都不喝伏特加，无论寒暑都黎明起身。丽莎没有听他说的话。她在头脑里重温着早晨会面的全部情景，回忆阿库琳娜和年轻猎人的全部谈话，不禁受到良心的谴责。她又徒劳地反驳自己，说他们的谈话并没有越轨的地方，这种淘气不会有什么不良后果；她的良心比理智更严厉地责备她。她许下的明天去赴约的诺言使她最为不安：她已经下定决心不遵守自己庄严的誓言。但是如果阿列克谢等不到她，可能到村子里来寻访瓦西里铁匠的女儿，真的阿库琳娜，一个麻脸的胖姑娘，这一来他就会猜出这是她的轻率的淘气。这样一想，丽莎吓坏了，她又决意第二天早上再到树林去做阿库琳娜。

至于阿列克谢呢，他是欣喜欲狂了。他整天想念他新结识的姑娘；皮肤浅黑的美人儿的模样连在夜里也使他魂牵梦萦。天刚破晓，他已经穿好衣服。他顾不得装上枪弹，就带着他忠心的斯保格来到田野里，跑到约会的地点。他苦苦地等待了大约半个小时，终于看到在小树林中一掠而过的蓝色萨拉方，就跑上前去迎接亲爱的阿库琳娜。她对他的感激的欣喜报以微笑，但是阿列克谢立刻觉察到她脸上带着烦恼和不安的痕迹。他希望知道是为了什么。丽莎承认说，她觉得她做事太轻率，她觉得很后悔，这一次她不愿意失约，不过这次的见面是最后一次。她请求断绝他们的交往，因为这对他们都不会有什么好处。这些话当然都是用农民的土语说明，但是一个普通的姑娘居然有这样不平常的思想感情，使阿列克谢非常吃惊。他施展出全部口才要打消阿库琳娜的主意，他向她保证，他的愿望是纯洁的，答应绝不会使她感到后悔，样样事情都听她的，恳求她不要剥夺他唯一的快乐：和她单独见面，哪怕是隔日一次，哪怕是一星期两次也好。他的言语充满真挚的热情，这一刻他真是坠入了情网。丽莎默默地听着。"答应我，"最后她说，"你永远不要在村里找我或是向别人打听我。答应我，除了我自己指定的约会以外，不要找别的机会和我见面。"阿列克谢要赌咒发誓，但是她微笑着拦住了他。"我不要你赌咒,"丽莎说,"只要你答应一声就是了。"后来他们便一同在林中散步,亲切地聊天,直到丽莎对他说该回去了才分手。阿列克谢单独留下来,他弄不明白,一个普通的村姑怎么见了两次面就能叫他百依百顺。他和阿库琳娜的关系对他有一种新鲜的诱惑力。这个古怪的村姑的规定虽然使他觉得不痛快,但是要破坏自己的诺言的念头他压根没有想过。因为阿列克谢虽然戴着不吉祥的戒指,尽管有着神秘的通信和忧郁失望的神情,他毕竟是个善良热情的青年,有着一颗纯洁的心,能够感受纯朴的喜悦。

如果我逞自己的高兴,我一定要不烦其详地把这对年轻人一次次的相会、他们的不断增长的相互爱慕和信任、他们所做的事和谈话都加以描述。但是我知道,我的大部分的读者不会分享我的快乐。这些细节一般说来会令人感到过分甜腻,所以我就把它们从简,长话短说。还不到两个月,我的阿列克谢已经爱得神魂颠倒了,丽莎虽然比他矜持,也不比他冷静。他们俩都陶醉在眼前的幸福中,很少考虑到未来。

要结为终身伴侣的想法频频在他们的头脑里掠过,但是他们彼此从没有提过。原因很明白:阿列克谢尽管十分迷恋他的可爱的阿库琳娜,却始终记得他和一个贫穷的农女之间地位的悬殊。而丽莎也看到两家的父亲之间的宿怨之深,也不敢抱有两家会和好的希望。而且,还有一种模糊的、富有浪漫主义色彩的希望暗暗激发了她的虚荣心,她希望能看到图基洛沃村的地主终于要拜倒在普里卢契诺村铁匠女儿的脚下。突然间,一个重大事件几乎改变了他们的关系。

在一个晴朗寒冷的早晨(在我们俄罗斯的秋天,这样的早晨是常有的),伊凡·彼得罗维奇·别列斯托夫骑马出游,备而不用地带了两三对猎犬,一个马夫和几个带着摇响器的童仆。在同一个时候,格里果里·伊凡诺维奇·穆罗姆斯基看见天气这么好,不禁也动了游兴,吩咐套上他的短尾马,骑着马在自己的英国化的领地附近快步走着。快跑近树林的时候,他看见邻人身穿狐皮里的外套昂然骑在马上,等待童仆们用呐喊和摇响器把兔子从灌木丛中赶出来。假如格里果里·伊凡诺维奇能预料到这次的狭路相逢,他当然会掉头而去,但是他完全是出其不意地碰上了别列斯托夫,突然发觉自己离他不过一弹之遥。没有办法,穆罗姆斯基像一个有教养的欧洲人那样,只得策马走到自己的对头面前,彬彬有礼地向他问好。别列斯托夫也同样热心地还礼,好像一头被铁链锁着的熊,按照驯熊人的命令向老爷们行礼一样。恰巧这时有一只兔子从树林里蹿出来,在田野里飞跑。别列斯托夫和马夫拼命叫喊起来,放出猎狗,以全速追赶上去。穆罗姆斯基的马从来没有打过猎,它受了惊,撒腿飞跑。穆罗姆斯基自诩是杰出的骑手,听任它随意奔跑,心里暗暗得意有机会可以避开这个讨厌的对谈者。但是那马一直跑到他先前没有注意到的峡谷面前，猛地朝旁边一冲，穆罗姆斯基就坐不稳了，他摔在冻结的地上，这一下摔得可不轻。他躺在那里，不住咒骂那匹短尾马。马儿好像明白过来，刚发现背上没有人骑，立刻停下来。伊凡·彼得罗维奇打马跑到他面前，问他摔伤没有。这时马夫拉住马勒，把闯了祸的马牵来。他扶着穆罗姆斯基上了马鞍，别列斯托夫却邀请他到自己家里去。穆罗姆斯基不能推辞，因为他觉得是领了人家的情，这样一来，别列斯托夫既捕获到兔子，又把自己的对头几乎像受伤的战俘带回家来，脸上很有光彩。

两位邻人共进早餐，一面亲切地交谈。穆罗姆斯基请别列斯托夫借给他一辆马车，他承认他摔伤得不能骑马回家了。别列斯托夫一直把他送到台阶前，而穆罗姆斯基在离去之前一定要他答应第二天（还带着阿列克谢·伊凡诺维奇）像朋友一样到普里卢契诺村去吃午饭。这样一来，由于短尾巴的受惊，根深蒂固的宿仇，似乎眼看就要解开了。

丽莎跑出来迎接格里果里·伊凡诺维奇。"爸爸，这是怎么回事？"她吃惊地说，"您的腿怎么瘸啦？您的马呢？这辆马车是谁家的？""这你可猜不着啦，my dear[①]。"格里果里·伊凡诺维奇回答她，又把发生的事都对她说了。丽莎不相信自

---

① 英语：我亲爱的。

己的耳朵。格里果里·伊凡诺维奇不等她明白过来，就说别列斯托夫父子明天要来吃午饭。"您说什么呀！"她面色发白了，说，"别列斯托夫，父子俩！明天到我们家来吃午饭！不，爸爸，您爱怎么样就怎么样，说什么我也不出来。""你怎么啦，疯了吗？"父亲反驳她说，"你是早就变得怕见生人了呢，还是像小说里的女主人公，对他们怀着父辈传下来的仇恨呢？得啦，别胡闹啦……""不，爸爸，不管怎么样，不管您给我什么财宝，我都不见别列斯托夫父子。"格里果里·伊凡诺维奇耸耸肩，不再和她争辩，他知道，跟她闹别扭是没有用的，便去休息去了，经过这次值得纪念的出游，得去养养神。

伊丽莎白·格里果里耶夫娜回到了自己的房间里，把娜斯佳叫来。主仆二人对于明天客人的来访商量了半天。如果阿列克谢认出这位受有良好教养的小姐就是他的阿库琳娜，他会怎么想？他对她的行为、家教和理智会有什么看法？另一方面，丽莎又非常希望看到，这样意外的会见会给他什么样的印象……突然她头脑里闪过一个想法。她马上把这个想法告诉了娜斯佳。她们俩高兴得如获至宝，决意一定要照此行事。

第二天早餐时，格里果里·伊凡诺维奇问女儿是不是仍旧打算躲起来不见别列斯托夫父子。"爸爸，"丽莎回答说，"如果您要我接待，我就接待他们，不过有一个条件：不管我在他们面前打扮成什么样，不管我做什么，您都不要骂我，也不要露出一点惊讶或是不满。""又要来淘气了!"格里果里·伊凡诺维奇笑着说,"嗯,好吧,好吧,我同意,你爱怎么样就怎么样,我的黑眼睛的小淘气。"他这样说着,一边吻了吻她的额头。丽莎就跑去准备了。

准两点整,一辆六匹马拉的家制的马车驶进院子,沿着浓绿色的草场走过来。老别列斯托夫由穆罗姆斯基的两个穿号衣的仆从搀扶着走上台阶。他的儿子骑着马随后跟来,和他一同走进餐厅,里面的餐桌已经摆好。穆罗姆斯基招待自己的邻人,殷勤得无以复加,他提议他们饭前先去看看花园和养动物的地方,他陪他们在细心打扫过、铺着沙子的小路上走过去。老别列斯托夫看到为这样无益的怪念头浪费掉的劳力和时间,心里暗暗惋惜,但是出于礼貌保持着沉默。他的儿子对于节俭的地主的不满和自负的英国迷的高兴,一概都置之漠然。他焦急地等待着主人的女儿出来。关于她,他是耳闻已久;尽管我们知道他的心已有所属,但是年轻的美人儿永远会引起他的遐想。

回到客厅里,他们三人就座:老人们回忆起过去的岁月和自己服役时的趣事,阿列克谢却在考虑,他在丽莎面前要扮演什么样的角色。他决定,在任何情况下,落落寡合、漫不经心的态度总是最合适的,于是他就准备这么办。门开了,他带着那样冷淡、那样高傲的神情,毫不在意地回过头去,使惯于卖弄风情的老手看了一定也要寒心。偏偏,进来的不是丽莎,而是约克逊老小姐,她的脸涂得雪白,束着腰,眼睛低垂着,微微地屈膝行礼,阿列克谢的优美的军人动作完全白费了。他还没有来得及再打起精神,门又开了,这次进来的是丽莎。大家都站起来,父亲开始介绍客人,可是他突然停下,赶紧咬嘴唇……丽莎,他的皮肤黑黑的丽莎,脸上的粉一直擦到耳朵,眉毛画得比约克逊小姐还浓,假发卷的颜色比她自己的头发浅得多,蓬蓬松松,像路易十四的假发,àlimbécile①的袖子高高蓬起,像 Madame de Pompadour②的箍骨裙;腰束得紧紧的,像英文字母 X。她母亲的还没有送进当铺的钻石,全部在她的手指上、颈项上和耳朵上闪烁发光。阿列克谢没有认出这位可笑的、珠光宝气的小姐就是他的阿库琳娜。他的父亲走上去吻了吻她的纤手,他也无可奈何地跟着做了;当他触到她的白皙的纤指时,他觉得手指在颤抖。这时他注意到她伸出来故意要炫示的纤足,穿的鞋子竭尽卖弄之能事。这稍稍冲淡了他对她其他打扮的不满。至于她的画眉涂粉,由于他的心地纯朴,老实说,他第一眼并没有发觉,后来也没有怀疑到这上面。格里果里·伊凡诺维奇想起自己的诺言,竭力不露出惊奇的样子,但是他觉得女儿的淘气好玩极了,他差一点忍不住要笑出来。拘谨的英国女人没有心思来笑。她猜到画眉笔和白粉是从她的五斗柜里偷去的,她那涂了白粉的

---

① 法语:泡泡袖。
② 法语:蓬帕杜夫人(法国皇帝路易十四的情妇)。

脸上透出发紫的愠怒的红晕。她向年轻的淘气姑娘投去愤怒的目光；姑娘打算把一切事情都等以后来解释，装作好像没有注意。

大家就了座。阿列克谢继续扮演心不在焉和若有所思的角色。丽莎是装腔作势，说话好像不高兴似的，慢声慢气，而且只说法语。父亲不懂得她的用意，时时出神地看着她，但是觉得这一切十分有趣。英国女人气得一言不发。只有伊凡·彼得罗维奇像在家里一样：吃得有两个人吃的多，酒尽量喝，自己说了可笑的话自己笑，越来越亲热地谈话，哈哈大笑。

最后，大家离开餐桌，客人走了，格里果里·伊凡诺维奇开怀大笑，提了许多问题。"你怎么会想出来要捉弄他们的？"他问丽莎。"你知道吗？你搽了粉倒很合适。我不懂得女人化妆的秘密，换了我，我也要搽粉，当然，不要搽得太多，而是稍微搽一点。"丽莎因为自己的巧计成功，高兴得什么似的。她拥抱了父亲，答应考虑他的劝告，就跑去安慰被激怒的约克逊小姐。约克逊小姐勉强才同意打开房门来听她的解释。丽莎说，她不好意思让生人看到这么黑的皮肤，她又不敢要求……她相信，善良的、亲爱的约克逊小姐一定会原谅她等等一套话。约克逊小姐相信了丽莎并不是想嘲弄她，就息怒了，她吻了吻丽莎，又送了她一小盒英国香粉，表示和好，丽莎收下礼物，表示衷心的感谢。

读者可以猜到，第二天一早丽莎一定会赶到树林里去赴约会。"少爷，昨天你到我们老爷家去了吧？"她立刻对阿列克谢说,"你觉得小姐怎么样?"阿列克谢回答说,他没有注意她。"可惜。"丽莎说。"那是为什么呢?"阿列克谢说。"因为我本来想问问你,人家说的话对不对……""人家说什么?""人家说,仿佛我长得像我们小姐,不知对不对?""简直是胡说!她跟你一比,就是个丑八怪。""哎呀,少爷,你这么说真是罪过。我们的小姐皮肤那么白,那么会打扮!我哪能跟她比!"阿列克谢对她赌咒发誓,说她比任什么样的皮肤雪白的小姐都好看,为了让她完全放心,便把她小姐的相貌形容得那么滑稽可笑,丽莎听了不禁真心地大笑起来。"不过,"她叹着气说,"尽管小姐可能很可笑,可是我跟她比起来总是个不识字的傻瓜。""咳!"阿列克谢说,"为了这点小事也值得难过!你要是愿意,我马上就教你识字。""当真是这样,"丽莎说,"要不要真的试试?""可以,亲爱的,要现在就开始也行。"他们坐下来,阿列克谢从口袋掏出一支铅笔和一本记事簿,阿库琳娜学起字母来快得惊人。阿列克谢看她这样聪颖,惊叹不已。第二天早上她就要试着写字,起初铅笔不听她使唤,可是几分钟以后,她描出来的字母居然相当像样。"这真是奇迹!"阿列克谢说,"我们学习的进度比兰开斯特[①]教学法还快。"果然,上到第三课,阿库琳娜已经能按音节读出《贵族的女儿娜达丽

---

① 兰开斯特(1776或1778—1838),英国教育家。他采用最有成就的学生帮助教师教学的办法,在19世纪初极为流行。

雅》①，一边还停下来发几句议论，使阿列克谢听了十分惊奇；她还从那本小说里选出许多警句，涂满了整整一张纸。

过了一星期，他们开始通起信来。邮局设在一棵老橡树的树洞里。娜斯佳暗中传书递简。阿列克谢把用粗大的字迹写的信送到那里，又在那里找到他的心上人用潦草的字迹写在蓝纸上的信。显然，阿库琳娜逐渐习惯了优美的语言，她的智力明显地发展、提高。

这时相识不久的伊凡·彼得罗维奇·别列斯托夫和格里果里·伊凡诺维奇·穆罗姆斯基之间的交情越来越巩固，很快就变为友谊，原来，是这样促成的：穆罗姆斯基常想，伊凡·彼得罗维奇死后，他的全部财产都要传给阿列克谢·伊凡诺维奇，这样，阿列克谢·伊凡诺维奇就要成为本省一个最富有的地主，而且他没有任何理由不娶丽莎为妻。至于老别列斯托夫呢，虽然认为自己的邻人有些乖僻（或是照他的说法，英国式的愚蠢），却不否认他也有许多出色的优点，比方说，罕有的精明机灵；格里果里·伊凡诺维奇是普龙斯基伯爵的近亲，伯爵是位有势力的显贵，他对阿列克谢可能大有帮助，而穆罗姆斯基（伊凡·彼得罗维奇这么想）一定很高兴在这样有利的条件下把自己的女儿嫁出去。两个老头到目前只是各自在心里盘算这一切，到后

---

① 《贵族的女儿娜达丽雅》，俄国作家卡拉姆津（1766—1826）的历史小说，写于1792年。

来就交谈起来，他们拥抱了，答应将这件事认真办妥，便各自着手来张罗。穆罗姆斯基面临着一个难题：他要促成他的贝西和阿列克谢更接近起来；自从那次值得纪念的午餐以后，她就没有和他见过面。似乎，他们彼此并没有多大的好感，至少，阿列克谢再也没有回到普里卢契诺村来过，而伊凡·彼得罗维奇每次光临，丽莎总躲到自己的房间里去。不过，格里果里·伊凡诺维奇心里想，如果阿列克谢天天到我家来，贝西就会爱上他。这是人之常情，顺理成章的。

伊凡·彼得罗维奇倒不大担心，认为自己的计划是会成功的。当天晚上，他就把儿子叫到书房里，抽起烟斗，沉吟了一会，说："阿廖沙①，你怎么很久不提起进军队服务的事啦？还是骠骑兵的军服已经不叫你动心了呢？""不，爸爸，"阿列克谢恭敬地回答说，"我看您不愿意我去当骠骑兵：服从您是我的责任。""很好，"伊凡·彼得罗维奇回答说，"我看你是个孝顺儿子，这使我得到安慰，所以我也不想勉强你，我并不勉强你……马上……去干文官的差事，我现在打算给你娶亲。"

"娶谁呀，爸爸？"阿列克谢吃了一惊，问道。

"娶伊丽莎白·格里果里耶夫娜·穆罗姆斯卡娅呀，"伊凡·彼得罗维奇回答说，"这个姑娘甭提有多好，不是吗？"

---

① 阿廖沙，阿列克谢的小名。

"爸爸，我还没有想到娶妻的事。"

"你没有想，我就替你想了，并且多方面考虑过了。"

"随你说，我可根本不喜欢丽莎·穆罗姆斯卡娅。"

"慢慢会喜欢的。习惯了就会相爱。"

"我觉得我不会使她幸福。"

"她的幸福不用你担心。怎么？你就是这样尊重父亲的愿望？好啊！"

"随便您怎么说，我不愿意结婚，也不结婚。"

"你得结婚，不然我就要诅咒你，至于财产，我一定要把它卖掉、花光，半个小钱也不留给你。我给你三天工夫考虑，暂时你不许到我面前来。"

阿列克谢知道，父亲要是打定了什么主意，那么，照塔拉斯·斯科季宁①的说法，就是用锤子也不能把它敲出来。不过阿列克谢也跟他爹一样，要他改变主意也同样困难。他回到房间里，开始考虑到父亲的权力范围，也考虑到伊丽莎白·格里果里耶夫娜，考虑到父亲要让他去做乞丐的郑重的宣告，最后考虑到阿库琳娜。他是头一次看清楚，他是热烈地爱上了她，他头脑里突然想起了要娶一个乡下姑娘、自食其力的浪漫主义的念头。他越考虑这种果断的行动，就越觉得这样做是明智的。

① 塔拉斯·斯科季宁，俄国戏剧家冯维辛的剧本《纨绔少年》中的人物。参见本书第1页。

树林里的会面因为天气多雨中止了一个时期。他用最清晰的字迹和最热烈的语言给阿库琳娜写了一封信,告诉她威胁着他们的灾祸,同时又向她求婚。他马上把信送到邮局——树洞里,便非常满意地去睡觉了。

第二天,阿列克谢拿定了主意,一大早就去找穆罗姆斯基,打算开诚布公地跟他解释一番。他希望激起他的宽大,帮自己说话。"格里果里·伊凡诺维奇在家吗?"他在普里卢契诺庄园的台阶前勒住马,问道。"不在家,"仆人回答说,"格里果里·伊凡诺维奇一早就骑马出去了。""真糟糕!"阿列克谢心里想。"至少,伊丽莎白·格里果里耶夫娜总在家吧?""在家,您哪。"阿列克谢就跳下马来,把缰绳交给仆从,不等通报就进去了。

"一切都要解决了,"他向客厅走去,一边想,"我要跟她本人解释清楚。"他走了进去,不禁愣住了!丽莎……不,是阿库琳娜,亲爱的、皮肤黑黑的阿库琳娜,不是穿着萨拉方,而是穿着白色晨衣,坐在窗前看他的信,她看得那样专心,竟没有听见他走进来。阿列克谢高兴得禁不住叫了起来。丽莎颤抖了一下,抬头一看,叫起来打算逃走。他跑过去拦住她。"阿库琳娜,阿库琳娜!……"丽莎拼命要挣脱……"Mais laissez moi donc, Monsieur ; mais êtes-vous fou ?"[①]她背转身子,

---

① 法语:放开我呀,先生,您疯了吗?

一再地说。"阿库琳娜！我的朋友,阿库琳娜！"他吻着她的手,重复着说。约克逊小姐亲眼看到这个场面,不知道该怎样想。这一刹那,门大开了,格里果里·伊凡诺维奇走了进来。

"啊哈！"穆罗姆斯基说,"你们的事好像已经完全讲妥了……"

读者一定会原谅我不必再啰唆来描写故事的结局。

伊·彼·别尔金小说集到此结束。

1830 年 9 月 20 日

（磊然 译）

黑桃皇后

黑桃皇后表示暗中使坏。

——《最新占卜书》

一

在阴雨的日子

他们常常聚在

一块;

赌钱——愿上帝饶恕他们!

赌注从五十下到

一百,

有人赢钱,

输了钱就用粉笔

记账。

在阴雨的日子,

他们就干这种

行当。①

有一天,大伙在近卫骑兵团军官纳鲁莫夫家里打牌。漫长

---

① 这是普希金写于1812年的一首诗。

的冬夜不知不觉地过去；到早上四点多钟他们才坐下吃晚饭。赢钱的人吃起来有滋有味，其余的人却坐在那里，看着面前的空盘子发呆。但是一送上香槟，谈话就活跃起来，大伙都参加谈话。

"你怎么样啦，苏林？"主人问。

"还不是又输了。应该承认，我赌运不佳。我下注从来不加码，一向都沉得住气，什么情况也不会使我糊涂，可我就是老输！"

"你真从来没有着过迷？从来没有盯着一张牌加赌注？……你这么沉得住气，真叫我惊奇。"

"瞧人家格尔曼才沉得住气呢！"一个来客指点一个年轻的工兵军官说，"他从来没有摸过牌，从来没有叫过赌注加倍，可是他总陪我们坐到天亮五点钟，看着我们打牌！"

"我对打牌是非常感兴趣的，"格尔曼说，"可是我不能为了希望发分外之财而去牺牲我生活必需的钱。"

"格尔曼是德国人：他很节俭，就是这么回事！"托姆斯基说，"要是说有什么人使我不能理解的话，那就是我的祖母安娜·费奥多托夫娜伯爵夫人了。"

"怎么？怎么回事？"客人们都叫起来。

"我弄不明白，"托姆斯基说，"我的祖母现在怎么不赌钱了？"

"一个八十岁的老太太不赌钱,"纳鲁莫夫说,"这有什么好奇怪的?"

"她的事原来你们一点都不知道?"

"不知道!真的,一点也不知道!"

"哦,那你们就听我说吧:

"要知道,我的祖母六十年前去过巴黎,在那里出足了风头。好多人跟在她后面,为了一睹 la Vènus moscovite①的芳容。黎塞留②拼命追求她,祖母很肯定地说,为了她的狠心,他差点没开枪自杀。

"那时候,女士们都兴玩法拉昂③。有一次,她在宫廷里打牌输了,欠了奥尔良斯基公爵④一大笔钱。祖母回到家里,揭下脸上的美人痣⑤,解下箍骨裙,把输了的事告诉祖父,吩咐他付账。

"据我记得,故去的祖父原来是祖母的管家。他怕她像怕火一样;可是一听她说输了这么一笔巨款,不禁发火了,他拿来账簿让她看,半年里他们花了五十万,在巴黎,他们可没有在莫斯科近郊和萨拉托夫乡下的田产,因此坚决拒绝付账。祖

---

① 法语:莫斯科的维纳斯。
② 黎塞留(1585—1642),法王路易十三的宰相,枢机主教(1622)。
③ 法拉昂,旧时的一种纸牌赌博。
④ 奥尔良斯基公爵,疑指路易-菲利浦·奥尔良斯基(1747—1793)。
⑤ 美人痣,旧时欧洲妇女将一小块膏药或黑绸贴在脸上做装饰品。

母给了他一记耳光,自己赌气睡下,表示对他恼火了。

"第二天她吩咐把丈夫叫来,以为她的家法对他能起作用,哪知他还是毫不买账。她生平第一次赏脸给他,同他商量,解释,打算使他感到惭愧;她跟他说好话,给他打比方,欠债与欠债不相同,王子与马车匠不一样。'不行!'祖父造反了,'不行,说什么也不行!'祖母简直束手无策了。

"她有个密友,一个非常有名的人。你们听说过圣-热尔曼伯爵①吧,大家把他说得神乎其神。你们知道,他自称永恒的流浪汉,是长生不老丹和点金术的发明者等等。大家都讥笑他,说他是招摇撞骗,但卡扎诺瓦②在《回忆录》中却说他是间谍。圣-热尔曼虽然是个神秘人物,却生得仪表堂堂,在社交界非常讨人喜爱。祖母至今还爱他爱得神魂颠倒,要是有人以轻蔑的口吻说到他,她就会生气。祖母知道圣-热尔曼手里很有钱。她决定请他帮忙。她写了个字条给她,请他立即前来。

"这个老怪物立刻来了,看到她十分痛苦。她用极其恶毒的语言向他描述了丈夫是多么蛮不讲理,最后说,她把全部希望都寄托在他的友情和好意上。

---

① 圣-热尔曼伯爵,18世纪著名的冒险主义者和神秘主义者,曾于1760年访俄。
② 卡扎诺瓦,即约瓦尼-贾科莫·卡扎诺瓦(1725—1798),意大利著名冒险主义者,著有《回忆录》。

"圣－热尔曼想了一想。'这笔钱我可以为您效劳,'他说,'不过我知道,不把这笔钱还我,您是不会安心的,我不愿意给您再添麻烦。还有一个办法：您可以翻本。'

"'但是,亲爱的伯爵,'祖母回答说,'我对您说吧,我们一个钱也没有了。''这用不着钱,'圣－热尔曼说,'您听我把话说完。'于是他就告诉她一个秘密,为了知道这个秘密,我们随便什么人都愿意付出高昂的代价……"

年轻的赌客们加倍注意地听他讲。托姆斯基抽起烟斗,深深吸了一口,接着讲下去。

"当天晚上祖母就来到凡尔赛宫,au jeu de la Reinene①。奥尔良斯基公爵坐庄。祖母信口编了个小小的谎言为自己解释,说没有把欠的钱带来,并向他表示歉意。说完就坐在他对面下注。她选了三张牌,一张接一张地出牌：结果三张牌都赢了,祖母把输掉的钱全部捞回。"

"这是碰巧！"一个客人说。

"是瞎编的！"格尔曼说。

"说不定是做了记号？"第三个人接腔说。

"我可不这么想。"托姆斯基傲慢地说。

"怎么！"纳鲁莫夫说,"你祖母能一连猜中三张牌,可你

---

① 法语：在皇后那里打牌。

至今还没有把她的秘诀学到手？"

"唉，哪有这种好事！"托姆斯基说，"她有四个儿子，包括我父亲：个个都是赌起来就不顾一切，可是她没有向一个儿子公开过自己的秘密，尽管这对他们，甚至对我，都没有坏处。可是我的伯父伊凡·伊里奇伯爵千真万确地对我说过这么一件事。已故的恰普利茨基，就是那个把百万家财挥霍干净，后来潦倒而死的那个人，年轻时候有一次赌输了——记得是输给佐里奇①——将近三十万。他绝望了。祖母对年轻人的胡来一向是非常严厉的，这一回不知怎么竟对恰普利茨基动了怜悯。她告诉他三张牌，叫他一张接一张地出牌，同时要他发誓，从此不再赌钱。恰普利茨基到赢了他钱的人那里去：他们坐下打牌。恰普利茨基在第一张牌上押了五万，一下子就赢了，又来个加倍，再翻上一番——他翻了本，还赢了一些……"

可是该去睡觉了，已经是五点三刻了。

其实天已经亮了，年轻人喝完杯里剩下的酒，各自回家。

---

① 佐里奇，即谢缅·加夫里洛维奇·佐里奇（1745—1799），叶卡捷琳娜二世宠臣之一，嗜赌如命。

二

——Il paraît que monsieur est décidément pour les suivantes.

——Que voules-vous, madaes？Elles sont plus fraîches.①

——社交界闲谈

×××老伯爵夫人坐在更衣室的镜子面前。三个侍女围绕着她。一个拿着一小盒胭脂，一个拿着一盒发针，还有一个拿着一顶系有火红色缎带的高高的包发帽。伯爵夫人的美貌早已消逝，她已经不抱丝毫驻颜的奢望，但她还是保持着年轻时候的一切习惯，严格遵照七十年代的式样，穿着起来还像六十年前花费那么多时间，还是那么一丝不苟。坐在窗前绣花的一位小姐是她的养女。

"您好，grand'maman②，"一个年轻人走了进来，说，"Bonjour, mademoiselle Lise.③ grand'maman，我有件事来求您。"

"什么事，Paul④？"

---

① 法语："先生好像更喜欢侍女？""太太，那有什么法子呢？她们更娇艳。"
② 法语：祖母。
③ 法语：您好，丽莎小姐。
④ 法语：保尔（保尔是托姆斯基的法国名字）。

"请容许我给您介绍我的一个朋友,星期五我带他到舞会上来见您。"

"你直接带他到舞会上来找我,就在那里把他介绍给我。昨天你到×××那里去了吗?"

"可不是吗!快活极了,跳舞跳到五点钟。叶列茨卡娅真美!"

"啊,我亲爱的!她美在哪里?有她的祖母,达里娅·彼得罗夫娜公爵夫人那么美吗?……哦,我想,达里娅·彼得罗夫娜公爵夫人已经老得不行了吧?"

"怎么,老得不行了?"托姆斯基漫不在意地回答说,"她已经死了七年啦。"

小姐抬起头来向年轻人使了个眼色。他想起来了,他们对老伯爵夫人是瞒着她的同年女友的死讯的,便咬住了嘴唇。但是伯爵夫人听到这对她是新闻的消息,竟丝毫无动于衷。

"她死啦!"她说,"可我根本不知道!我们一同被赐做宫中女官,我们去觐见皇后的时候,皇后……"

伯爵夫人的这个故事,对孙子已经讲了上百遍了。

"好吧,Paul,"后来她说,"现在扶我站起来。丽赞卡[①],我的鼻烟壶呢?"

---

① 丽赞卡,丽莎白的小名。

伯爵夫人带着侍女们到屏风后面去继续装扮。托姆斯基和小姐留下。

"您要介绍的是什么人?"丽莎白·伊凡诺夫娜悄悄地问。

"纳鲁莫夫。您认识他?"

"不认识!他是军官还是文官?"

"是军官。"

"是工兵军官?"

"不!是骑兵。您为什么以为他是工兵军官?"

小姐笑了起来,没有作答。

"Paul!"伯爵夫人在屏风后面叫起来,"给我弄一本新小说来,不过,请不要眼下流行的。"

"这是什么意思,grand'maman?"

"就是说,不要有主人公掐死父母,不要里面有淹死的尸体的那种小说。我非常害怕淹死的人!"

"如今没有那种小说了。您要不要俄国小说?"

"难道有俄国小说?……那就拿来吧,少爷,请拿来吧。"

"再见,grand'maman:我要赶快走了……再见,丽莎白·伊凡诺夫娜!您到底为什么会以为纳鲁莫夫是工兵军官呢?"

托姆斯基说了就走出了更衣室。

剩下丽莎白·伊凡诺夫娜一个人:她放下刺绣,开始瞧着窗外。不多一会儿,在大街对面从拐角的屋子后面走出一个青年军官。她的两颊泛起了红晕,她又做起活计,头几乎低到绣布上。这时伯爵夫人已经穿戴完毕,走了进来。

"丽赞卡,你去关照套马车,"她说,"我们出去遛遛。"

丽赞卡从绣架旁站起来,开始收拾活计。

"你怎么啦,我的妈!你聋了吗!"伯爵夫人叫起来,"你快去叫他们套车呀。"

"我这就去!"小姐轻声回答,就跑到前室去。

一个仆人进来,把巴维尔·亚历山德罗维奇[①]送来的书呈给伯爵夫人。

"好!谢谢。"伯爵夫人说,"丽赞卡,丽赞卡,你跑到哪儿去啦?"

"在穿衣服呐。"

"别忙,我的妈。坐在这儿。打开第一卷,念给我听……"

小姐拿起书来,念了几行。

"大声点!"伯爵夫人说,"你怎么啦,我的妈!嗓子哑啦?……等等,把搁脚凳给我挪过来,再近些……好,念吧!"

丽莎白·伊凡诺夫娜又念了两页。伯爵夫人打了个哈欠。

"把这本书扔掉,"她说,"简直是胡说八道!把它还给巴

---

① 巴维尔·亚历山德罗维奇,托姆斯基的名字和父称。

维尔公爵,说我谢谢他……马车怎么样啦?"

"马车预备好了。"丽莎白·伊凡诺夫娜朝街上看了一眼,说。

"你怎么还没有穿好衣服?"伯爵夫人说,"老要别人等你!我的妈,这真叫人受不了。"

丽莎①跑到自己的房间里去。还没有过两分钟,伯爵夫人就拼命地摇铃。三个侍女从一扇门里跑进来,男侍从另一扇门里跑进来。

"叫你们怎么没有人答应?"伯爵夫人对他们说,"去告诉丽莎白·伊凡诺夫娜,说我在等她。"

丽莎白·伊凡诺夫娜穿着长衣、戴着帽子走进来。

"总算来了,我的妈!"伯爵夫人说,"这算什么打扮!为了什么?想去勾引谁?……天气怎么样?好像有风。"

"一点儿也没有,夫人!天气好极了!"男仆回答说。

"你们总是信口瞎说!打开气窗。果然有风!而且冷得要命!把车卸下!丽赞卡,我们不去了:不用打扮了。"

"这就是我的生活!"丽莎白·伊凡诺夫娜心里想。

的确,丽莎白·伊凡诺夫娜是个最最不幸的人。但丁说过,别人的面包苦,别人的台阶难以攀登。②有谁能像贵妇人的苦命的养女那样,知道寄人篱下的辛酸呢?当然,×××伯爵夫

---

① 丽莎,丽莎白的另一个小名。
② 引自意大利诗人但丁(1265—1321)的名著《神曲》第3部《天堂》第17篇。

人心肠并不坏，但是她像在上流社会中被人捧坏的女人那样任性，也像所有既不再留意逝去的年华而对现代社会又格格不入的老年人那样吝啬，冷漠，一心只顾自己。上流社会一切无谓的应酬，她无不参加。她出席舞会，涂脂抹粉，穿着式样古老的服装坐在角落里，像是舞厅里一件丑陋而又必不可少的点缀品。来的客人都走到她跟前深深鞠躬，好像履行一个规定的仪式，以后就谁也不去理睬她了。她在家里招待全城上流社会的人士，严格遵照礼节，但是她一个人也认不出。她有一大群仆从，他们在她的前室里和下房里养得胖胖的，头发变白，他们想干什么就干什么，争先恐后地偷窃这个垂死的老太太的东西。丽莎白·伊凡诺夫娜是家里的受气包。斟茶的时候她因为多放了糖要挨数落；朗读小说时凡是作者的错误都要怪她；她陪伴伯爵夫人外出，遇上天气不好或道路不好走，也要她负责。她有规定的薪金，却从来没有付足过；然而却要求她穿戴得像所有的人一样，也就是像极少数人能够穿得起的那样。在交际场中她的处境是极为可怜的。人人都认识她，但是没有人注意她。在舞会上，只有 vis-à-vis[①]不够的时候才轮得到她跳舞。太太们需要去更衣室整理一下服饰的时候，总要挽着她同去。她自尊心强，痛切感到自己地位的低下，她观察着周围，迫切等

---

① 法语：舞伴。

待一位救星。但是年轻人的轻浮的虚荣心使他们非常精明，对她不屑一顾，尽管丽莎白·伊凡诺夫娜比起他们涎皮赖脸缠住不放的厚颜而又冷冰冰的姑娘来，要可爱一百倍。多少次，她离开了富丽堂皇而乏味的客厅，回到自己的简陋的房间里去暗自流泪。她的房间里摆着一架糊花纸的屏风，一个五斗柜，一面小镜子和一张油漆过的床，铜烛台上点着一支黯淡的油蜡。

有一次，——这是在这篇小说的开头描述的那天晚上以后两天，在我们谈到的那个场面的一个星期以前，——有一次，丽莎白·伊凡诺夫娜坐在窗前刺绣，无意中朝街上看了一眼，她看见一个年轻的工兵军官一动不动地站在那里，眼睛盯着她的窗子。她又低下头来做活计，五分钟后又望了望，——年轻的工兵军官还站在那里。她没有和过路的军官眉目传情的习惯，便不再去看，头也不抬地绣了将近两个小时。开午饭了。她站起来收拾绣架，无意中又朝街上一望，又看见了那个军官。她觉得这事很叫人纳闷。吃完午饭，她怀着一种不安的心情走到窗前，可是军官已经不在，——她也就把他忘了……

大约过了两天，她陪伯爵夫人出去上马车的时候，又看到他。他就站在大门口，用海龙皮大衣领遮着脸：他的乌黑的眼睛在帽子下面发亮。丽莎白·伊凡诺夫娜吃了一惊，自己也说不出是为了什么。她坐上马车，心里说不出地忐忑不安。

回到家里，她连忙跑到窗口——军官还站在老地方，眼睛盯着她：她走开了，好奇心使她苦恼，一种她从未体验过的感情又使她激动。

从那时起，每天到了一定的钟点，那个年轻人一定出现在她们家的窗下。在他和她之间建立了一种默契。她坐在座位上刺绣，就感到他在近旁，——便抬起头来看他，注视他的时间逐日加长。那年轻人似乎为此感激她：她以青春时期的敏锐的目光看出来，每逢他们的目光相遇时，他的苍白的面颊很快就遮上红晕。过了一个星期，她对他微笑了一下……

当托姆斯基请求伯爵夫人允许他把自己的朋友介绍给她的时候，可怜的姑娘的心怦然跳起来了。但是一听说纳鲁莫夫并不是工兵军官而是骑兵，她不禁后悔不该一时大意问了一句，向轻浮的托姆斯基泄露了自己的秘密。

格尔曼是一个俄国化的德国人的儿子，父亲留给他一小笔资产。格尔曼坚信必须确保生活自立，对遗产的利息都不动用，单靠薪俸生活，不让自己有丝毫的放纵。但是，他性格内向，爱面子，同伴们不容易有机会取笑他的过分的节俭。他有着强烈的欲望和热烈的幻想，但是坚强的毅力使他避免了青年人通常易犯的错误。比方说，他生性爱赌，却从没有摸过牌，因为他考虑到，他的财产不容许他（照他的说法），为了希望发分外之财而去牺牲我必需的钱，然而，他却整宵整宵地坐在牌桌旁边，怀着狂热的战栗的心情注视着牌局输赢的变化。

三张牌的故事对他的想象力起了强烈的影响，整夜盘踞在他的脑际。"要是，"第二天傍晚，他漫步彼得堡街头时想道，"要是老伯爵夫人向我公开她的秘密！或是向我指出这三张稳能赢钱的牌，那就好啦！我何不去试试我的运气呢？……去向她自我介绍，取得她的宠爱，或是做她的情夫——但是这一切都需要时间，可是她已经八十七了——说不定过一个星期，说不定再过两天，她就会死去！……可是这个故事本身呢？……它可信吗？……不，节俭、克制和勤劳：这才是我的三张必胜的牌，它才能使我的资产增加两倍、六倍，使我得到安宁和独立的生活！"

他这样盘算着，不觉来到彼得堡一条主要大街上一座古老建筑的宅子面前。街上挤满了马车，一辆接一辆地向这个灯光辉煌的大门口驶去。从这些马车里时而伸出年轻美人的纤足，时而伸出咚咚作响的长靴，时而又是带条纹的长袜和外交官的皮鞋。皮大衣和斗篷在威风凛凛的司阍身边闪过。格尔曼站了下来。

"这是谁家的公馆？"他问墙角边的一个岗警。

"×××伯爵夫人的。"岗警回答说。

格尔曼战栗起来。那个奇异的故事又在他的想象中浮现。他在房子旁边走来走去，心里想着房子的女主人和她那奇妙的本领。他很晚才回到他那简陋的小屋里，久久不能成寐，等他被睡魔征服之后，他就梦见了纸牌、绿呢牌桌、一沓沓的钞票和一堆堆的金币。他一张接一张地出牌，坚决地折角，不断地赢钱，把金币搂到自己面前，把钞票放进口袋。早晨他很晚才醒来，因为失去了梦幻中的财富叹了口气，又去城里闲逛，又来×××伯爵夫人的府邸前面。仿佛有一种神秘的力量把他吸引到这里来。一个满头黑发的小脑袋低垂着，大概是在看书或是做活计。那个小脑袋抬起来了。格尔曼看见了一张娇艳的小脸和一双乌黑的眼睛。这一刻决定了他的命运。

三

Vous m'écrivez, mon ange, des lettres de quatre pages plus vite que je ne puis les lire. ①

——通信

丽莎白·伊凡诺夫娜刚把长衣和帽子脱掉，伯爵夫人已经差人来唤她，又吩咐套车。她们出来上车。就在两个仆人搀扶着老夫人，把她塞进车门的当儿，丽莎白·伊凡诺夫娜在车轮旁边看到了工兵军官。他一把抓住她的手，把她吓呆了，年轻人不见了：在她手里留下一封信。她把信藏进手套里，一路上什么也听不见，什么也看不见了。伯爵夫人有个习惯，坐上马

---

① 法语：我的天使，您给我写四页信，比我读起来还快。

车老爱问这问那：她们遇到的是什么人？这座桥叫什么？那边招牌上写的什么？丽莎白·伊凡诺夫娜这一回总是信口回答，答非所问，把伯爵夫人惹恼了。

"你是怎么回事，我的妈！你发昏了吗？我的话你是没有听见呢，还是听不懂？……感谢上帝，我说话并不是口齿不清，也没有老糊涂！"

丽莎白·伊凡诺夫娜没有听见她说什么。回到家里，她急忙跑到自己的房间里，从手套里取出那封信：信没有封口。丽莎白·伊凡诺夫娜把它读了。这是一封表白爱情的信，充满柔情和敬意，逐字逐句都是从一本德国小说上抄来的。可是丽莎白·伊凡诺夫娜因为不懂德语，所以读了非常满意。

然而她接到的这封信却使她心慌意乱。她是第一次和一个青年男子有了秘密而密切的关系。他的大胆使她吃惊。她责备自己行为不检点，不知如何是好：是不是不要再坐在窗口，冷淡他，给这个年轻军官泼些冷水，免得他做进一步的追求？要不要把信退给他？——冷淡而坚决地回绝他？她没有人可以商量，她既没有女友，又没有人可以请教。丽莎白·伊凡诺夫娜决定给他复信。

她在写字桌前坐下，拿起纸和笔沉思起来。她几次动笔开了个头，又撕了：她觉得不是用词太客气，就是太冷酷。她终于写了几行，觉得还算满意。"我相信，"她写道，"您是真心诚意的，您并不想用轻率的举动来侮辱我。但是我们的相识不应该以这样的方式开始。现将尊函退还，希望今后不至于让我抱怨说我受到不应得的不尊重。"

第二天，丽莎白·伊凡诺夫娜看见格尔曼走了过来，就从绣架旁站起来，走到大厅里，打开气窗，把信扔到街上，希望青年军官能迅速地拾起来。格尔曼跑过来，拾起了信，便走进一家糖果铺。他撕开了火漆印，看到自己的信和丽莎白·伊凡诺夫娜的复信。这是在他的意料之中的，他回到家里，专心致志地策划起来。

三天之后，时装店的一个眼睛灵活的年轻姑娘给丽莎白·伊凡诺夫娜送来一张字条。丽莎白·伊凡诺夫娜以为这是来要账的，担心地打开字条，忽然认出原来是格尔曼的笔迹。

"亲爱的，您弄错了，"她说，"这张字条不是给我的。"

"不，正是给您的！"大胆的姑娘回答说，并不掩饰脸上狡黠的微笑，"请您看吧！"

丽莎白·伊凡诺夫娜匆匆看完了字条。格尔曼要求会晤。

"不可能！"丽莎白·伊凡诺夫娜说，他的紧迫的要求和他采用的方法都叫她害怕，"这肯定不是写给我的！"说着就把信撕得粉碎。

"既然信不是写给您的，您怎么把它撕了呢？"那个姑娘说，"我可以把它退还给寄信的人啊！"

"请您,亲爱的!"丽莎白·伊凡诺夫娜被她点破,脸涨得绯红,"以后别再送字条给我。您对托您带信的人说,他应该感到惭愧……"

但是格尔曼并没有就此罢休。丽莎白·伊凡诺夫娜每天收到他用各种方法送来的信。这些信已经不是从德国小说翻译过来的。激情给了他灵感,格尔曼用自己特有的语言写了这些信:信中表达了他的百折不挠的愿望和他的不受羁绊的幻想。丽莎白·伊凡诺夫娜已经不想把它们退回去了:这些信使她陶醉。她开始给他复信,而且信越写越长,越来越充满柔情蜜意。最后,她从窗口扔给他下面这封信:

> 今天×××公使举行舞会。伯爵夫人将去参加。我们大约要待到两点钟。这样,您就有机会和我单独会晤了。伯爵夫人一出门,仆人一定会散去,门厅里留一个看门的,不过他一般也回到自己的小屋里去。您十一点半来,直接上楼梯。要是您在前厅里遇到人,您就问伯爵夫人在不在家。要是告诉您她不在,那就没有办法,您只好回去了。不过您大概不会遇到人。侍女们都待在一个房间里。从前厅一直往左走,就走到伯爵夫人的卧室。在卧室里的屏风后面,您会看见两扇小门:右边的通书房,伯爵夫人从来不到那里去;左边的通过道,那边有一条狭窄的螺旋形楼

梯：它通到我的房间。

格尔曼像老虎似的浑身颤动，等待着约定的时间。才晚上十点钟，他已经站在伯爵夫人府邸前面。天气十分恶劣，朔风怒号，飘着鹅毛似的湿雪，路灯昏暗，街上阒无一人。偶尔有一个车夫赶着瘦瘠的驽马慢慢地走过，看看有没有迟归的乘客。格尔曼身上只穿一件常礼服站在那里，对于风雪毫无感觉。伯爵夫人的马车终于准备好了。格尔曼看见两个侍仆扶出一个裹着貂皮大衣的驼背的老太太，她的养女身穿单薄的斗篷，头戴鲜花，跟在她后面一闪而过。车门砰地关上了。马车在松软的雪地上费力地驶过去。看门人关上大门。窗内的灯光暗了。格尔曼开始在冷落下来的房子周围徘徊，他走到路灯前，一看表，是十一点二十分。他站在路灯下，眼睛盯着表上的指针，等待剩下的几分钟过去。十一点半整，格尔曼走上伯爵夫人府邸的台阶，走进灯光通明的门厅。看门人不在。格尔曼跑上楼梯，打开通前厅的门，看见一个仆人坐在灯光下古老而肮脏的手圈椅里打盹。格尔曼跨着坚定的步子轻轻地从他身旁走过。大厅里和客厅里都没有灯。前厅里微弱的灯光射到这里。格尔曼走进卧室。在摆满古色古香圣像的神龛前，点着一盏金色的小灯。靠糊着中国壁纸的墙边，对称地摆着褪色的花缎手圈椅和镀金剥落、放着羽绒靠垫的沙发。墙上悬挂着两幅在巴黎由m-me Lebrun①画的肖像。一张画的是一个面色红润、胖胖的四十来岁的男子,身穿浅绿色制服,佩着星章;另一张画的是一个年轻美人,生着鹰钩鼻子,两鬓的头发朝后梳,扑了粉的头发上戴一朵玫瑰。每个墙角里都摆满瓷器的牧女,著名的Leroy②制造的台钟、小盒子、轮盘、扇子以及上世纪末与蒙哥尔菲埃③气球和梅斯梅尔催眠术④同时发明的形形色色的妇女玩的小摆设。格尔曼走到屏风后面。屏风后面放着一张小铁床。右面有一扇门通书房,左面的另一扇门通过道。格尔曼把门打开,看见一个狭窄的螺旋梯,这是通到可怜的养女的房间去的……但是他扭身走进了黑暗的书房。

时间过得很慢。一切都是静悄悄的。客厅里的钟打十二下;各个房间里也相继敲了十二点——后来一切重又沉寂下来。格尔曼靠着一只没有生火的炉子站着。他很镇静,他的心脏跳得很均匀,好像是一个决心去干一件危险然而是必须去做的事情的人那样。钟打了一点,又打了两点,——他听到远远的马车声。

---

① 法语:勒勃伦夫人。她的全名是维日·勒勃伦·玛利亚-安娜-伊丽莎白(1755—1842),法国时髦肖像画家。
② 法语:勒鲁阿,全名勒鲁阿·皮埃尔(1717—1785),法国钟表匠,著名学者,有力学及测时方面的著述。
③ 蒙哥尔菲埃兄弟,法国人,于1783年6月在凡尔赛宫放出第一枚装满热气的气球。同年11月放出第一枚载人气球。
④ 指德国医生弗里德里希·安东·梅斯梅尔(1734—1815)在催眠术暗示方面的试验。

一阵不由自主的激动攫住了他。马车渐渐驶近，停下了。他听见放下脚踏板的声音。屋子里忙碌起来。人们奔跑着，大声说话，屋子里亮起来。三个年老的女仆跑进卧室，伯爵夫人半死不活地走进来，瘫坐在高背手圈椅里。格尔曼从缝隙里看见丽莎白·伊凡诺夫娜从他的身旁走过。格尔曼听见她急促地走上楼梯。他心里似乎感到一阵良心的谴责，但是又平静下来。他已经横了心。

伯爵夫人开始对镜卸妆。女侍给她取下插着玫瑰花的帽子；从她那白发剪得短短的头上取下扑了粉的假发。发针像雨点似的落在她的身旁。用银线绣的黄色长衣褪落在她的浮肿的脚旁。格尔曼亲眼看到了她那令人作呕的化妆的秘密；最后，伯爵夫人只穿着睡衣，戴着睡帽。这身打扮对她的年龄倒比较合适，看上去她就不显得那么可怕和难看了。

像所有上了年纪的人那样，伯爵夫人也患失眠。她脱了衣服，坐在窗口的高背手圈椅里，把女仆都打发走了。蜡烛拿走了，房间里又只剩下一盏小灯。伯爵夫人坐在那里，脸色蜡黄，松垂的嘴唇翕动着，身子左右摇晃。她的浑浊的眼睛表现出脑子里什么都不想。望着她，你会以为这个可怕的老太婆这样晃动并不是出于她的本意，而是由于身体内部电流的作用。

突然，这张毫无生气的脸起了无法形容的变化。嘴唇停止翕动，眼睛有了精神：在伯爵夫人面前站着一个陌生男人。

"请别害怕,看在上帝的分上,别害怕!"他清晰地低声说,"我无意伤害您;我是来恳求您做一件好事的。"

老妇人默默地望着他,似乎没有听见他的话。格尔曼以为她是个聋子,便俯身凑在她的耳边,把同样的话重说了一遍。老妇人还是不作声。

"您能够,"格尔曼接着说,"使我生活幸福,这在您一点儿不费什么:我知道,您可以接连猜中三张牌……"

格尔曼住口了。伯爵夫人似乎明白了对她的要求,她似乎在掂酌怎样回答。

"这是开玩笑,"她终于说,"我对您发誓!这是开玩笑!"

"这没有什么玩笑好开,"格尔曼气愤地说,"您回忆一下恰普利茨基吧,是您帮他翻的本。"

伯爵夫人显然被窘住了。她的脸上反映出强烈的内心活动,但是她很快又陷入了原来的麻痹状态。

"您能不能,"格尔曼接着说,"给我指出这三张稳赢的牌?"

伯爵夫人不作声。格尔曼接着说:

"您是为谁保守您的秘密呢?为您的孙子吗?他们不用知道这个秘密也很有钱:他们根本不知道金钱的价值。您的三张牌帮不了败家子的忙。一个人要是不会珍惜上辈留下的财产,哪怕他做出天大的努力,他终归要死于贫困。我不是败家子,我知道金钱来之不易。您的三张牌对我不会是白费的。您说吧!……"

他住了嘴,惴惴不安地等待她的回答。伯爵夫人没有作声;格尔曼下跪了。

"假如您的心曾懂得过爱的感情,"他说,"假如您记得爱的狂喜,假如您哪怕只有一次在听到新生儿子啼哭时微笑过一下,假如有某种人类的感情曾在您的胸中跳动过,那我就用妻子、情人、母亲——以生活中一切最神圣的感情来恳求您,不要拒绝我的请求!向我公开您的秘密吧!您要它有什么用呢?……也许,它会造成骇人的罪恶,使人丧失终生的幸福,使人去和魔鬼签订协定……您想一想吧:您老了,您活不长了,——我情愿让我的灵魂来承担您的罪过。只要您把您的秘密告诉我。您想一想吧,一个人的幸福就掌握在您手里,不单是我,连我的孩子,我的孙子、曾孙都会对您的恩德感激不尽,对待您的恩赐像对待圣物一样……"

老妇人一个字也没有回答。

格尔曼站了起来。

"老妖婆!"他咬牙切齿地说,"我只好强迫你回答了……"

他说着就从衣袋里拔出手枪。

伯爵夫人一见手枪,又一次流露出强烈的激动。她摇着头,举起一只手好像要挡住枪弹……随后就向后倒了下去……一动也不动了。

"别来这一套,"格尔曼抓住她的手,说,"我最后一次问您:

您愿不愿意告诉我您的三张牌——愿意还是不愿意？"

伯爵夫人没有回答。格尔曼一看，她已经死了。

四

7 Mai 18××。

Homme sans mœurs et sans religion！①

——通信

丽莎白·伊凡诺夫娜坐在自己的房间里，身上还穿着参加舞会的服装，就陷入深深的沉思。她回到家里，赶紧把睡眼惺忪、不乐意服侍她的使女打发走，说她可以自己脱衣服，然后胆战心惊地走进自己的房间，既希望在那里看到格尔曼，又希望不要看到他。她一眼就证实他并没有来，不禁感谢命运阻挠他们会面。她坐下来，衣服也不脱，开始回忆在这么短暂的时间里竟使她迷恋得这么深的种种情况。从她第一次在窗口看见这个年轻人算起还不到三个星期，她居然已经跟人家书信往来，并且同意了他和她夜间约会的要求！她只是从他的几封签了名的来信上知道他的姓名；她从来没有跟他说过话，没有听见过

---

① 法语：18××年5月7日。一个丝毫没有道德准则和信仰的人。

他的声音,在这天晚上以前,从来没有听说过有关他的情况……真是怪事!就在这天晚间的舞会上,托姆斯基嫌年轻的公爵小姐波丽娜×××不像平时那样跟他调情,存心要气气她,对她表示冷淡,就邀请丽莎白·伊凡诺夫娜和他跳那没完没了的玛祖卡舞。他老是取笑她对工兵军官的偏爱,说他知道的事要比她能够想象的多得多,他的玩笑有几句说得那么击中要害,使丽莎白·伊凡诺夫娜不禁几次暗忖,他一定知道了她的秘密。

"这些事您是从哪里听来的?"她笑着问。

"听您认识的某某人说的,"托姆斯基回答说,"他是一个非常出色的人!"

"这个非常出色的人到底是谁?"

"他叫格尔曼。"

丽莎白·伊凡诺夫娜什么也没有回答,但是她的手脚却变得冰冷了……

"这个格尔曼,"托姆斯基接着说,"有一张真正的小说中人物的面貌:他的侧面像拿破仑,灵魂像靡非斯特①。我想,起码有三件罪恶压在他的良心上。您的脸色多么苍白!……"

"我头痛……格尔曼对您说什么来着,——他叫什么名字呀?……"

---

① 靡非斯特,德国诗人歌德的长诗《浮士德》中的魔鬼。

"格尔曼很不满意他的朋友：他说，换了他，他一定不那么做……我甚至觉得格尔曼自己在转您的念头，至少他非常欢喜听他的朋友对您的充满爱慕的赞叹……"

"他是在哪里看见过我的？"

"在教堂里，也许在您散步的时候！……天晓得！说不定是在您的房间，在您睡觉的时候：他是干得出来的……"

三位女士向他们走来，问"oubli ou regret？[①]"打断了把丽莎白·伊凡诺夫娜弄得心痒难熬的谈话。

被托姆斯基选中的舞伴就是×××公爵小姐本人。她和他多跳了一圈，又在自己的椅子面前多绕了一圈，趁此和他解释误会。托姆斯基返回到座位，已经把格尔曼和丽莎白·伊凡诺夫娜都忘掉了。她一心要想恢复被打断的谈话，但是玛祖卡结束了，老伯爵夫人很快就离去了。

托姆斯基的话不过是在跳玛祖卡时随便说说而已，但是这些话却深深铭印在好幻想的少女心里。托姆斯基勾画的肖像竟和她心中所想象的不谋而合，由于读了流行小说，这张已经显得平常的脸竟使她又是害怕，又是着迷。她交叉着裸露的双臂坐着，仍旧戴着鲜花的头低垂在袒露的胸前……突然，门打开了，格尔曼走了进来。她战栗起来……

---

① 法语：忘却还是惋惜（跳卡德里尔舞时，女士以"忘却"或"惋惜"为名字，请男舞伴挑选，选中的即为他的舞伴）。

"您到哪里去了？"她吃惊地低声问。

"在老伯爵夫人的卧室里，"格尔曼回答说，"我刚从她那儿来。伯爵夫人死了。"

"我的天！……您说什么？……"

"而且，好像我是她致死的原因。"格尔曼接下去说。

丽莎白·伊凡诺夫娜瞅了他一眼，她心里响起了托姆斯基的话：起码有三件罪恶压在这个人的良心上！格尔曼坐在靠近她的窗台上，讲了全部的经过。

丽莎白·伊凡诺夫娜胆战心惊地听完了他的话。原来，那些充满热情的信，那些火一样热烈的要求，那些大胆执着的追求，这一切都不是爱情！金钱——这才是他的灵魂如饥似渴地追求的！能够满足他的欲壑，能使他得到幸福的不是她！可怜的养女竟成了杀害她的女恩人的凶手和强盗的盲目的帮凶！……她后悔莫及，痛哭起来。格尔曼默默地看着她：他心里也很痛苦，但是不论这个可怜少女的眼泪，还是她那楚楚可怜的伤心模样，都打动不了他那冷酷的灵魂。想到死去的老妇人他并不感到良心的谴责。他怕的只是一件事：他指望着赖以发财的秘密失去了，再也找不回来了。

"您是个魔鬼！"丽莎白·伊凡诺夫娜终于说。

"我并没有想弄死她，"格尔曼回答说，"我的手枪里没有装子弹。"

他们都沉默了。

早晨来临。丽莎白·伊凡诺夫娜吹灭残烛：惨白的晨曦照亮了她的房间。她擦干眼泪，抬起眼来望着格尔曼：他坐在窗台上，双手交叉，凶狠地皱着眉头。这个姿势使他和拿破仑的肖像像得出奇。这样的酷似甚至使丽莎白·伊凡诺夫娜吃惊。

"您怎么能从这里出去呢？"丽莎白·伊凡诺夫娜终于说，"我本来想领您走秘密楼梯，可是这要经过伯爵夫人的卧室，我害怕。"

"请告诉我怎样找到这个秘密楼梯。我能出去。"

丽莎白·伊凡诺夫娜站起来，从五斗橱里取出一把钥匙交给格尔曼，并且详详细细地告诉他怎么走。格尔曼握住她的冰冷的、没有反应的手，吻了吻她的低垂的头，就走出去了。

他走下螺旋楼梯，又走进伯爵夫人的卧室。死去的老妇人坐在那里，僵硬了，神态十分安详。格尔曼在她面前站住，久久地望着她，似乎要证实这件可怕的事是真的。最后他走进书房，摸到糊墙纸后面的门，就顺着黑楼梯走下去，心中思绪万千。他想，也许在六十年前，有一个年轻的幸运儿，身穿绣金长衣，梳着á l'oiseau royal[①]的发式，把三角帽按在胸口，就在这个时刻，就顺着这座楼梯悄悄地溜进这间卧室。这个幸

---

① 法语：像仙鹤。

运儿早已长眠地下,而他那老迈的情妇的心脏今天才停止跳动……

格尔曼在楼梯下面找到一扇门,用那把钥匙开了门,穿过一条过道,到了大街上。

五

> 这天夜晚,已故的冯·弗男爵夫人在我面前出现。她穿一身白衣服,对我说:"您好,顾问先生。"
>
> ——施维登博格[①]

在出事的夜晚之后三天,早上九点钟,格尔曼动身去××修道院,在那里要为已故伯爵夫人的遗体举行安魂祈祷。尽管他毫无后悔之意,却不能完全压下良心的谴责,它反复对他说:你是杀害老妇人的凶手!他虽没有多少真诚的信仰,迷信却不少。他相信,死去的伯爵夫人会给他的一生带来灾祸,因此决意去参加她的葬礼,祈求她饶恕他。

教堂里挤满了人。格尔曼好不容易从人群中挤过去。灵柩停放在豪华的灵台上,上面覆盖着天鹅绒棺罩。死者躺在棺材

---

① 施维登博格(1688—1772),瑞典神秘论者和神智学者。他的著述在1830年风行一时,围绕他的名字有许多传说。

里，双手叠放在胸前，头戴钉花边的帽子，身穿白缎长衣。四周站着家仆：仆人们身穿肩上有纹章缎带的黑袍，手捧蜡烛，儿孙和重孙等亲属都身穿重孝。没有人哭泣，流泪会显得 une affectation①。伯爵夫人已经是风烛残年，对她的死谁也不会吃惊，她的亲属早已把她看做是老不死。一位年轻的主教致悼词。他用简短动人的话阐说了这个有德行的老太太的安宁的死，多少年来她默默地、非常令人感动地修身养性，迎来了一个基督徒的死亡。"司死亡的天使把这个一心想着行善、等待基督降临的信徒接走了。"演讲人说。仪式结束了,悲伤而又合乎礼节。亲属先上前向遗体告别。随后是许多来宾，他们前来向长期参加他们的无聊玩乐的老太太行礼。他们之后是全体仆人。最后走上前来的是一位年老的贵妇人，死者的同龄人。两个年轻侍女搀扶着她。她已经不能深深下跪，——她吻了吻夫人的冰冷的手，独自洒了几滴老泪。她走后，格尔曼决定走到灵柩跟前。他跪下来，在洒满杉树枝的冰冷的地上伏了好一会。最后他站了起来，脸色跟死者一样苍白，他走上灵台的台阶，又鞠了一躬……这时他觉得死者一只眼眯起，带着嘲笑瞅了他一眼。格尔曼急忙后退，不小心踩空了，咚的一声仰脸摔倒在地上。人们把他扶起来。就在同一时刻，丽莎

----

① 法语：虚情假意。

白·伊凡诺夫娜昏倒了,被扶到教堂门前的台阶上。这个插曲把肃穆的丧礼扰乱了几分钟。来宾中发出一阵低声的议论,一个瘦削的宫中高级侍从官,死者的近亲,凑着他身边的一个英国人的耳朵说,这个年轻人是她的私生子,英国人听了冷冷地回答说:Oh!①

格尔曼一整天都情绪极为恶劣。他在一家僻静的小饭馆里吃午饭时,一反自己的习惯,喝了好多酒,希望以此压下内心的不安。但是酒力反而使他格外烦躁。他回到家里,衣服也不脱,倒在床上就呼呼大睡了。

他醒来已经是半夜:月光照亮他的房间。他看了看表:两点三刻。睡意消失了,他坐在床上,想起了老伯爵夫人的葬礼。

这时街上有人朝他的窗口张望了一下,立刻走开了。格尔曼一点没有理会。过了一会儿,他听见有人打开前室的门。格尔曼以为是他的勤务兵照例喝得醉醺醺的,夜游回来了。但是他听到的是陌生的脚步声:有人在走路,便鞋发出轻轻的声音。门打开了,走进来一个穿白衣服的女人。格尔曼以为是自己的老奶娘,正在奇怪她怎么会深更半夜前来。但是白衣妇人就飘然到了他面前,——格尔曼认出了原来是伯爵夫人!

"我来找你不是出于本意,"她用坚定的声音说,"但是我

---

① 英语:哦!

奉命来满足你的请求。三点、七点和爱司可以使你连续赢钱——不过有一个条件,你在一昼夜之内只能押一张牌。不能多,事后一辈子再也不赌。你把我吓死,我可以饶恕你,条件是你要娶我的养女丽莎白·伊凡诺夫娜……"

说完她悄悄地转过身去,便鞋发出沙沙的声音向门口走去,消失了。格尔曼听见前厅的门砰的一响,又看见有人在窗口朝他望了一望。

格尔曼好半天不能清醒过来。他走到另一个房间里。他的勤务兵睡在地上。格尔曼好不容易把他叫醒。勤务兵照例是喝得酩酊大醉:从他嘴里根本问不出个究竟来。前厅的门锁着。格尔曼回到房间里,点起蜡烛,把自己看到的事记下来。

六

"等一等再分牌!"

"您竟敢对我说等一等分牌?"

"大人,我是说了,等一等再分牌!"

两个牢固的念头不能共存在一个人的精神世界里,如同两个物体在物质世界里不能共占同一个空间一样。三点、七点、爱司——很快就掩盖了格尔曼头脑里的死去老妇人的形象。三点、七点、爱司——一直盘踞在他头脑里，还在他嘴里念叨着。看见一个年轻姑娘，他就说："她多么苗条！……真像红心三点一样。"有人问他："现在几点钟？"他就回答："缺五分七点。"看见一个大肚皮的男人，他就想起爱司。三点、七点、爱司——在梦中也跟踪他，化做形形色色的形状：三点像一朵盛开的石榴花在他面前怒放，七点像是一座哥特式的大门，爱司是一个其大无比的蜘蛛。他心心念念只想着怎样来利用他用高昂代价得来的这个秘密。他开始想到退职和旅行。他打算去巴黎公开的赌场，让中了魔的命运女神拿出宝藏。恰巧有一个机会使他省去了这些麻烦。

莫斯科成立了一个阔佬赌客的总会，主持人是赫赫有名的切卡林斯基，他赌了一辈子，曾发过几百万的大财。他赢了可以收期票，输了却付现款。相处的日子久了，赌友们都信任他。他的好客、他的手艺高明的厨师，他的亲切的态度和快乐更使他博得公众的尊敬。他来到了彼得堡。青年们蜂拥而来，为了打牌而忘了舞会；为了法拉昂的诱惑，宁肯牺牲追逐女性的乐趣。纳鲁莫夫把格尔曼带去见他。

他们走过一排豪华的房间，里面站满彬彬有礼的侍仆。有几位将军和三级文官在打惠斯特[①]；一些年轻人懒洋洋地坐在

---

① 惠斯特，一种四人成局的牌戏。

花缎沙发上吃着冰激凌,抽着烟斗。客厅里有二十来个赌客围着一张长桌坐着,主人坐在桌后坐庄。主人六十来岁,外表令人肃然起敬,满头银发,丰满的脸容光焕发,显得非常善良,双目有神,永远带着笑意。纳鲁莫夫把格尔曼介绍给他。切卡林斯基亲切地和他握手,请他不必客气,随后又继续分牌。

这一局打了很久。牌桌上有三十多张牌。切卡林斯基每分完一次牌都要停下来记下输掉的钱,让赌客有时间考虑,同时很有礼貌地听取他们的要求,更为有礼貌地弄平心不在焉的赌客多折的牌角。一局终于完了。切卡林斯基洗了牌,准备再次分牌。

"请让我押一张牌。"格尔曼从一个在那里赌钱的胖绅士背后伸过手来,说。切卡林斯基微笑了一下,默默地点头表示遵命。纳鲁莫夫笑着祝贺格尔曼开了长期的赌戒,并祝他有个幸运的开端。

"来吧!"格尔曼用粉笔在自己的牌上写下赌注的数目,说。

"请问是多少?"庄家眯起眼睛,问道,"请原谅,我看不清楚。"

"四万七千。"格尔曼答道。

听到这话,所有的人一下子都转过头来,所有的眼睛都盯着格尔曼。"他疯啦!"纳鲁莫夫心里想。

"请允许我奉告,"切卡林斯基始终带着微笑说,"您下的注太大了:这里还没有人在一张牌上下的注超过二百七十五的呢。"

"怎么?"格尔曼反问道,"您打不打算赢我的牌?"

切卡林斯基还是恭顺地行礼,表示遵命。

"我只是要奉告,"他说,"蒙诸位相信我,我坐庄只能来现钱。从我来说,我当然相信您的话,但是为了赌博的规矩和计算方便,请把钱放在牌上。"

格尔曼从口袋里掏出钞票交给切卡林斯基,切卡林斯基很快地看了一眼,便放在格尔曼的牌上。

他开始分牌。右边翻出来的是九点,左边翻出三点。

"我赢了!"格尔曼翻出自己的牌,说。

赌客中响起一阵低语。切卡林斯基皱了皱眉头,但是马上又恢复了笑容。

"您就要取钱吗?"他问格尔曼。

"劳驾。"

切卡林斯基从口袋里取出几张钞票,立刻把钱付清。格尔曼接过钱,便离开了赌桌。纳鲁莫夫被弄得摸不着头脑。格尔曼喝了一杯柠檬水,就回家了。

第二天晚上,他又到了切卡林斯基那里。主人在分牌。格尔曼走到牌桌前,赌客们马上给他让出一个位子。切卡林斯基亲切地对他点了点头。

格尔曼等到下一局开始,摆下一张牌,把自己的四万七和昨天赢来的钱都押在牌上。

切卡林斯基开始分牌。右边翻出来是十一点,左边是七点。

格尔曼翻开牌来:七点。

大家都惊叫起来。切卡林斯基显然着慌了。他数了九万四千递给格尔曼。格尔曼若无其事地接了钱,立即离去。

下一天晚上,格尔曼又来到牌桌旁。大家都在等他。几位将军和三级文官放下惠斯特不打,都来看这场不寻常的赌博。青年军官们从沙发上跳起来,所有的侍者都聚集在客厅里。大家都围住格尔曼。其他的赌客都不下注,焦急地等着看结果。格尔曼站在牌桌旁,准备单独和脸色发白、但还是面带微笑的切卡林斯基决一胜负。两人各自拆开一副牌。切卡林斯基洗了牌。格尔曼错了牌,取出一张牌,把一沓钞票押在上面。这就像是一场决斗。周围鸦雀无声。

切卡林斯基开始分牌,他的手在发抖。右边翻出是一张皇后,左边是爱司。

"爱司赢了!"格尔曼说着翻开自己的牌。

"您的皇后输了。"切卡林斯基态度和蔼地说。

格尔曼颤抖了一下:果然,他的牌不是爱司,而是黑桃皇后。他不相信自己的眼睛,他不明白他怎么会抽错了牌。

在这一刹那,他觉得黑桃皇后眯起眼睛冷笑了一下。这种不寻常的酷似使他震惊……

"老太婆!"他吓得叫了起来。

切卡林斯基把赢到的钞票搂到跟前。格尔曼呆呆地站着。当他离开牌桌的时候,大伙都热烈地谈论起来。"赌得真带劲!"赌客们说。切卡林斯基又洗牌,牌局照常进行。

结　局

格尔曼疯了!他住在奥布霍夫医院第十七号病房里,人家问什么他都不回答,嘴里很快地念叨着:"三点、七点、爱司!三点、七点、皇后!……"

丽莎白·伊凡诺夫娜嫁了个非常可爱的年轻人;他在某处供职,财产相当可观:他是老伯爵夫人从前的管家的儿子。丽莎白·伊凡诺夫娜收养了一个穷亲戚的姑娘。

托姆斯基升为骑兵大尉,娶了波丽娜公爵小姐。

1833 年

(磊然　译)